7/3

Federica de Cesco

Sabrina – Entscheidung in Mexiko

Federica de Cesco
wurde in Norditalien geboren und wohnt heute mit ihrem japanischen Ehemann in der Schweiz.
Die fließend Französisch, Italienisch und Deutsch sprechende Autorin hat es nie lange an einem Ort ausgehalten.
Sie hat zahlreiche Länder auf allen Kontinenten bereist und oft mehrere Monate in der Fremde verbracht, um verschiedene Kulturen kennen zu lernen. Ihre Bücher wurden in viele Sprachen übersetzt. Für ihr schriftstellerisches Schaffen wurde Federica de Cesco mehrfach ausgezeichnet.

Federica de Cesco

SABRINA
ENTSCHEIDUNG IN MEXIKO

Arena

In neuer Rechtschreibung

1. Auflage 2001

Diese überarbeitete Fassung erschien erstmals im
Aare-Verlag, Aarau, Frankfurt a. M., Salzburg
Einbandillustration: Sabine Lochmann
Gesamtherstellung: Westermann Druck Zwickau GmbH
ISBN 3-401-05330-2

1

Der erste Ferientag fing schlecht an: Schon morgens um acht langweilte ich mich zu Tode. Mama war um fünf ins Filmstudio gefahren, Janie und ich waren allein zu Hause. Ich hörte sie in der Küche ihre gefühlvollen Schnulzen singen. Ihre Stimme klang heute Morgen heiser. Sie musste wohl zu viel geraucht haben und war schlecht gelaunt.

Mein Frühstück stand auf dem Tisch bereit: zwei Eier mit Speck, Toast, Marmelade, Kaffee und eine Karaffe voller Orangensaft. Mein Magen drehte sich um, als ich die schleimigen Eier sah. Ich goss mir Orangensaft ein und ging, das Glas zwischen den Fingern drehend, langsam durch den Wohnraum. Die breite Glastür, die auf den frisch gesprengten Rasen führte, stand offen. Das Wasser des Schwimmbeckens war von Sonne durchflutet. Jenseits der dichten Hibiskushecke erstreckte sich das Panorama von Los Angeles bis zum dunstigen Horizont: Das Licht spiegelte sich in den unzähligen Fenstern der Hochhäuser und auf den vierspurigen Autobahnen bewegten sich die Wagen wie glitzernde Spielzeuge.

Ich ließ mich vor dem Fernsehkasten auf das Sofa fallen. Schon morgens früh flimmerten über alle Kanäle die gleichen eintönigen Programme mit eingeblendeten Werbespots: kitschige Familientragödien mit viel Whiskey und Sex, blutrünstige Krimis oder schwachsinnige Trickfilme. Ich gähnte laut und blickte in den Garten hinaus. Wie sollte ich nur den Tag verbringen? Susan, Linda oder Shirley anrufen? Die hatten nur Kleider, Jungen und Partys im Kopf. Nein, danke!

Auf dem Bildschirm kreischte eine Frau in voller Lautstärke, während ein Fenster unter einem Kugelhagel zersplitterte. Ich stellte gelangweilt den Ton ab. Absätze klapperten. Janie erschien, ihre unvermeidliche Zigarette zwischen den Fingern, und blickte missbilligend auf das unberührte Frühstück.

»Was passt dir denn jetzt wieder nicht?«

Ich verzog das Gesicht. »Die Eier sind schleimig!«

»Gebräunte Butter ist Krebs erregend«, sagte Janie streng.

»Zigaretten auch.« Janie nahm einen tiefen Zug und stieß den Rauch aus der Nase.

»Kümmere dich um deine eigene Gesundheit, Baby, und iss deine Eier. Wozu, glaubst du, koche ich für dich?«

»Das ist schließlich dein Job.«

»Richtig. Und wenn du nicht frühstückst, kündige ich.«

»Ich bin nicht hungrig«, maulte ich.

Janie kam aus Texas. Sie trug hautenge Jeans und eine ausgeschnittene Bluse, die nichts von ihren Vorzügen verbarg. Das krause rote Haar hing ihr ins Gesicht und sie trug mit Vorliebe Cowboystiefel. Wir liebten uns heiß und lebten in einem ständigen Kleinkrieg.

»Nicht hungrig!«, äffte sie mich nach. »Du bist magerer als eine neugeborene Ratte. Da – nur noch Haut und Knochen!«

Sie kam auf mich zu, ihren Finger lang ausgestreckt, und bohrte ihn mir zwischen die Rippen.

Ich kreischte und wich zurück.

»Janie, lass mich in Frieden!«

»Iss deine Eier oder ich schütte sie in den Mülleimer!«

Ich sah sie böse an und kuschelte mich tiefer in die Kissen. Janie seufzte aufgebracht und blies mir den Qualm ins Gesicht. Als ich mich nicht rührte, wandte sie sich ab und begann geräuschvoll den Tisch abzuräumen.

»Warte nur! Der liebe Gott wird dich strafen! Eines Tages, wenn du wirklich Hunger hast, wirst du dir die Zähne an Kieselsteinen ausbeißen!« Sie nahm das Tablett auf und warf, bevor sie hüftschaukelnd hinausging, einen geringschätzigen Blick über die Schulter zurück. »Deine Mutter isst immer alles, was auf den Tisch kommt!«

Ich zuckte die Schultern. Natürlich! Mama hatte immer guten Appetit. Deswegen war auch alle sechs Monate eine Schlankheitskur fällig. Mama war fröhlich, gescheit, bildhübsch und trug ihre Kleider wie ein Mannequin. Sie war sogar eine gute Schauspielerin und wahrscheinlich würde sie für den Film *Der Preis des Schweigens* mit dem begehrten Akademiepreis ausgezeichnet. Für diese Rolle, in der sie eine arme Zirkuskünstlerin um die Jahrhundertwende spielte, die später zu einer der einflussreichsten Frauen von New York wird und ihre eigene politische Partei gründet, hatte sie sogar Trapezunterricht genommen. Jedermann bewunderte ihr Pflichtbewusstsein. Kurz, sie war vollkommen! Was konnte ich dafür, dass ich es nicht war? Ich hielt mich für mittelmäßig gescheit und für unterdurchschnittlich begabt, von Schönheit ganz zu schweigen. Janie hatte schon Recht, ich sah aus wie eine Ratte. Wenn ich merkte, dass man mich mit Mutter zusammen fotografieren wollte, ergriff ich die Flucht: Der Gegensatz war einfach zu groß! Ich wusste, was man hinter meinem Rücken flüsterte: »Wie? Das ist Dorothy Ferbers Tochter? Kaum zu glauben, wo die Mutter so sympathisch ist. Wie alt ist denn das Kind? Vierzehn? Na, da kann sich zum Glück noch einiges ändern.«

Das Schlimme war nur, dass Mama schon mit drei Jahren hübsch war und in *Harper's Bazaar* als Modell für Kindermoden abgebildet wurde. Mit siebzehn Jahren hatte sie bereits ein Dutzend Filme gedreht und mit zwanzig geheiratet. Wenn ich Fotos von ihr in meinem Alter ansah, hätte ich mich am liebsten in ein Loch verkrochen!

Ich stand vor der Spiegelwand, hob den Kopf und sah mich an. Mein feines Haar fiel, wie es wollte: über die Nase, in die Augen und manchmal sogar in die Suppe. Mein Gesicht war mit Sommersprossen übersät, die Nase nichts Besonderes und der Mund stand immerhin dort, wo er hingehörte. Die Farbe meiner Augen wechselte je nach Laune oder Beleuchtung. Ich wusste immer noch nicht, ob sie blau, grün oder grau waren. Vielleicht hätte ich sie mal mit etwas Lidschatten betonen oder Mamas Wimperntusche ausprobieren sollen. Aber ich wusste nicht, wie man mit dem Zeug umging, und verschmierte immer alles. Mama verbrachte täglich viel Zeit vor dem Schminktisch. Oft sagte sie zu mir: »Du solltest eine Creme benutzen. Wenn du deine Haut nicht pflegst, siehst du mit vierzig wie eine alte Kartoffel aus.« Und wennschon? Mit vierzig ist man sowieso schon uralt! Es langweilte mich, mir Farbe ins Gesicht zu klecksen, und das Ergebnis war doch nur zum Heulen. An einem rappeligen Nachmittag hatte ich es ausprobiert: Grundierung, Puder, Lippenrot und Augenbrauenstift. Zum Schluss sah ich aus wie ein Clown.

Auf dem Bildschirm erschien gerade eine Fee mit wallender Goldmähne und pries die Vorzüge eines Shampoos gegen Schuppen an. Zufällig hatte ich welche, aber ein Shampoo hat mir noch nie geholfen. Mürrisch stellte ich den Kasten ab, sprang auf und lief in mein Zimmer. Rasch streifte ich Jeans und T-Shirt ab, zog einen Badeanzug an und rannte wieder hinaus. Im Vorbeilaufen griff ich einen von Mamas Bademänteln. Im Garten war es noch angenehm kühl. Ich holte tief Luft, hechtete mit einem Kopfsprung ins leuchtende Wasser und durchschwamm die ganze Beckenlänge von stolzen zwanzig Metern, ohne aufzutauchen. In Sport war ich gut. Ich schwamm wie ein Fisch, konnte reiten und nahm Fechtunterricht. In der Schule spielte ich Hockey und war der Schrecken der Gegenpartei. Angst vor blauen Flecken kannte ich nicht. »Alles in den Beinen und nichts im Kopf«, sagte Mama, die es ja wissen musste.

Nicht mal sonderlich außer Atem tauchte ich am anderen Ende des Beckens wieder auf. Ich kraulte einige Längen, hievte mich dann auf den Rand und legte mich bäuchlings auf die Steinplatten. Unter der steigenden Sonne wurde er schnell warm. Ich fragte mich immer noch, was ich mit meinem Tag anfangen sollte. Es war noch früh, kaum neun Uhr. Plötzlich kam mir in den Sinn, Papa zu besuchen, der in der Wüste die Außenaufnahmen zu einem Sciencefiction drehte. Papa war Regisseur. Ich sah ihm gern zu, wenn er filmte, und kannte alle Tricks und eine ganze Reihe der F/X (so nennen die Filmleute die Spezialeffekte). Ich wusste zum Beispiel, dass bei einer Film-Rauferei nur Stühle aus Balsaholz oder höchstens einmal eine Zuckerglasscheibe zu Bruch gehen. Und es versetzt mich nicht in Aufregung, wenn der Held sich mitten durch ein Flammenmeer kämpft! Das Feuer ist synthetisch und brennt nicht echt. Leute, die sich in einem fahrenden Auto unterhalten, sitzen in Wirklichkeit im Studio vor einer blauen Leinwand, der Hintergrund wird erst später einkopiert. Viele fantastische Geschöpfe existieren nur als fernsteuerbare Modelle, deren Bewegungen erst nach der Aufnahme mithilfe digitaler Bildbearbeitung perfektioniert werden.

Kurz, mich interessierte das alles brennend. Ich wollte später auch Regisseurin werden und meine eigenen Filme drehen. Aber Schauspielerin? Niemals!

Ich warf mir Mamas Bademantel über die Schultern und rief bei der Taxi-Station an. Man sollte mir in zehn Minuten einen Wagen schicken. Ohne Auto war man in L.A. aufgeschmissen, aber ich durfte den Führerschein erst mit sechzehn machen. Ich fragte mich, wie ich diese zwei Jahre noch ertragen würde. Ich hatte es satt, hier festgenagelt zu sein. Sogar zur Schule wurde ich gebracht und wieder abgeholt.

Ich ging in mein Zimmer hinauf, zog wieder Jeans und T-Shirt an. Ehe ich fortging, steckte ich den Kopf durch die Küchentür und sagte Janie, ich würde zu Mittag nicht zurück sein. Janie wusch soeben einen Berg Spinat und warf mir einen bösen Blick zu.

»An dem Tag, da man bei dir Tuberkulose feststellt, wirst du an mich denken. Dann wirst du nach Nahrung schreien, aber wenn du mit einem Fuß im Grab stehst, wird es zu spät sein!«

Ich musste lachen. Manchmal übertrieb sie.

»Und was mache ich mit dem anderen Fuß?«

»Wahrscheinlich jemanden gegen das Schienbein treten!«, brummte Janie.

Draußen wartete schon das Taxi. Der Fahrer, ein dicker Puerto-Ricaner, öffnete die Tür. Der Wagen hatte eine Klimaanlage und angenehm weiche Polster. Ich sagte dem Fahrer, wo ich hinwollte. Der Mann nickte. Er war es gewohnt, Filmleute zu den unmöglichsten Orten zu chauffieren. Er steuerte das Taxi durchs Tor, den Kiesweg hinunter. Viele Häuser in unserem Viertel gehörten Filmstars oder Industriebossen. Fast alle waren hinter hohen, rosa oder weiß gestrichenen Mauern verborgen.

Der Ort, wo Papa die Außenaufnahmen zu seinem Film drehte, lag ungefähr fünfzig Kilometer entfernt, am Rande der Wüste. Das Taxi bog in die vierspurige Autobahn ein; sie führte, auf riesige Betonpfeiler gestützt, mitten durch die Vororte. Eine Dunstglocke lag über der Stadt und die Hitze flimmerte auf dem Asphalt. Der Verkehr war noch mäßig. Trotzdem brauchten wir eine gute Stunde, bis das Häusergewirr hinter uns lag.

Als die Ebene in Sicht kam, wo der Film gedreht wurde, stand die Sonne schon hoch. Ich bemerkte gleich, dass man die Arbeit unterbrochen hatte. Den Statisten in silberglänzenden Anzügen, die sich unter dem als Kantine eingerichteten Zeltdach drängten, wurden Kaffee und Sandwiches serviert. Die Hauptdarstellerin saß unter einem Sonnenschirm auf einem Klappstuhl, an dessen Lehne in großen Buchstaben ihr Name stand. Ihr Haar war leuchtend rot gefärbt und sie ließ sich von der Maskenbildnerin die zerronnene Augenschminke erneuern. Sie trug ein eng anliegendes, glänzendes Oberteil in Pink, eine blaue Jogginghose und Turnschuhe. Der

Hauptdarsteller, ein Raumschiffkommandant, studierte mit abwesender Miene seine Rolle, wobei er aus einer Büchse Bier trank und ständig in der Nase bohrte.

Ich zahlte und stieg aus. Während das Taxi wendete, betrat ich den Schauplatz. Auf der Erde lagen überall Kabel umher. Behutsam stieg ich darüber hinweg und sah mich nach meinem Vater um. Endlich entdeckte ich ihn auf einem Gerüst, das Auge an die Kamera gepresst und die gewohnte Schirmmütze auf dem Kopf. Er sah recht ärgerlich aus.

Er winkte mit den Armen.

»Hallo, Papa!«

Er löste das Auge von der Kamera und wandte den Kopf. Als er mich sah, überflog ein breites Lächeln sein schweißglänzendes Gesicht. »Sabrina! Das ist aber eine Überraschung!«

Er beugte sich herab und streckte mir die Hand hin. Ich klammerte mich daran und kletterte zu ihm auf die Plattform. Papa rückte zur Seite, um mir Platz zu machen, und ich setzte mich neben ihn.

»Du weißt doch«, grinste er, »dass das Betreten des Filmareals für Schaulustige verboten ist.«

»Man hat mich durchgelassen«, sagte ich und ließ die Beine baumeln. »Ich habe gesagt, ich hätte dir dringend etwas mitzuteilen.«

»Wirklich? Und was ist es?«, schmunzelte er.

Ich senkte den Kopf und seufzte abgrundtief.

»Ich langweile mich.«

Papa warf den Kopf zurück und brach in schallendes Gelächter aus. »Das ist wahrhaftig eine dringliche Mitteilung! Also, was kann ich für dich tun? Brauchst du Geld?«

Seine Hand glitt zur Brieftasche.

»Nein«, sagte ich rasch, »das ist es nicht. Ich . . . ich will nicht mehr, weiter nichts.«

»Was willst du denn nicht mehr?«

»So, wie es jetzt ist«, sagte ich leise.

Papa kratzte sich unter dem T-Shirt. »Das musst du mir schon genauer erklären!« Ich merkte, dass er gar nicht richtig zuhörte und den Himmel beobachtete.

»Was gibt's?«, fragte ich.

Papa fluchte leise vor sich hin.

»Da oben, siehst du das Flugzeug? Der Teufel soll es holen. Der Pilot verbringt seit zwanzig Minuten seine Zeit damit, über unseren Köpfen Looping zu üben. Kannst du dir einen Sciencefiction vorstellen, der im vierten Jahrtausend spielt und dazu ein Flugzeug am Himmel? Niemand kann weiterarbeiten, bis der Idiot dort oben endlich das Sichtfeld verlässt.«

Papa schob ärgerlich seine Schirmmütze zurück.

»Komm, wir gehen etwas trinken!«

Er führte mich zur Kantine, wo die Statisten rauchten und tranken. Es roch nach Schweiß, Zigarrenqualm und frischer Farbe. Papa steuerte auf einen kleinen Tisch zu und bestellte sich ein Bier und mir eine Cola. Dann verschränkte er die Arme, stützte sie auf den Tisch und betrachtete mich mit gerunzelten Brauen.

Papa war sehr groß, langbeinig. Seine Haut hatte die Farbe von nachgedunkeltem Holz. Die kantige Kinnlade trat ein wenig hervor und das Weiß seiner Augen war von roten Äderchen durchzogen. Das dichte, wirre Haar fiel ihm in die Stirn und er war immer schlecht rasiert. Seine kräftigen Zähne leuchteten, wenn er lachte. Ich liebte ihn sehr.

»Du siehst schlecht aus, Sina«, sagte er plötzlich. »Was ist denn eigentlich los?«

Ich zögerte und kaute an den Fingernägeln. Wenn Mama mich dabei ertappte, schimpfte sie. Aber Papa sagte kein Wort und wartete. Das erleichterte mir die Sache.

»Warum bist du so selten zu Hause?«, seufzte ich. »Seit Weihnachten habe ich dich ganze sechs Mal gesehen. Kein Mal mehr.«

Er wirkte überrascht. »Du hast nachgezählt?«

Ich nickte.

»Jedes Mal, wenn wir uns sehen, kreuze ich es rot im Kalender an.« Ich erwartete, dass er jetzt lachen würde, aber er verzog keine Miene. Er schien plötzlich befangen. Sein Blick wich dem meinen aus, während er das Glas zum Mund hob.

»Ich war sehr beschäftigt«, sagte er und stellte das Glas auf das Wachstuch zurück. »Ich habe einen Film in Kanada gedreht und einen andern in Rom.«

»Das weiß ich doch«, unterbrach ich ihn.

»Na also, warum fragst du dann?«

»Es ist immer dasselbe«, seufzte ich. »Mama ist auch nie da. Jetzt macht sie Probeaufnahmen für ihren nächsten Film, der in New York spielt. Wenn ihr mal nach Hause kommt, seid ihr total überarbeitet. So, wie es jetzt ist, ertrage ich es wirklich nicht mehr. Immer ist alles fürchterlich eilig, und kommen, wieder gehen, Terminkalender studieren, stundenlang telefonieren. Warum kann es nicht so sein wie früher? Ihr habt kaum Zeit füreinander und für mich schon gar nicht. Alles geht nur nach eurem Kopf, so wie es euch passt und wie es euer Terminkalender vorschreibt. Ich habe das lange genug mitgemacht. Ich ... ich komme mir vor, als sei ich Janies Tochter, und das ist wirklich nicht rosig!«

Papa schmunzelte. »Das kann ich dir nachfühlen.«

Er legte seine breite Hand auf die meine. »Hör auf an deinen Nägeln zu kauen«, sagte er freundlich. »Du erinnerst mich an einen Hund, der einen Knochen abnagt.«

Ich zog meine Hand rasch zurück und er fuhr fort. »Es tut mir Leid, dass ich dich so lange sitzen ließ, Sina. Aber du musst verstehen, es geht um unseren Job. Der bürdet uns schließlich Verpflichtungen auf. Du willst ja auch mal Regisseur werden, oder? Versetz dich mal in meine Haut. Wir sind wegen eines Streiks der Statisten mit den Aufnahmen schon zwölf Tage im Rückstand. Der Produzent reißt sich die Haare aus. Aber hörst du mir überhaupt zu?«, fragte er, zweifellos irritiert von der gelangweilten Ruhe, mit der ich seine Entschuldigungen über mich ergehen ließ. Ich wusste genau, dass der wahre Grund anderswo lag.

»Ist schon in Ordnung«, seufzte ich. »Aber könntest du mich nicht von Zeit zu Zeit besuchen? Auch wenn du nicht mit Mama reden willst, so denk doch wenigstens an mich! Ich fühle mich so schrecklich allein!«

Papas Ausdruck veränderte sich. Er fuhr mit der Hand über sein feuchtes Gesicht.

»Mein armes, kleines Mädchen!«, sagte er mit einer seltsamen, rauen Zärtlichkeit, in die sich Verlegenheit mischte. »Du musst begreifen, dass Mama und ich ... Na ja, dass wir uns nicht mehr gut verstehen, und ...«

Er verhaspelte sich und errötete. Seine Stirn legte sich in tiefe Falten. »Und dann musst du wissen ...« Er stockte abermals.

»Aber nein, das kannst du nicht begreifen. Später vielleicht, aber in deinem Alter . . .«

Das kriegte ich ständig zu hören. Als ich Mama fragte, weshalb sie sich von Papa getrennt hatte, erhielt ich die gleiche Antwort. »Das verstehst du noch nicht, Sina. Du bist zu jung dazu.« Wie feige doch die Erwachsenen manchmal sind! Sie scheinen uns Vierzehnjährige für naiv zu halten. Aber wir sind doch keine ahnungslosen Wesen, die in den Wolken schweben. Selbst wenn ich dem Sinn nach noch nicht begreife, möchte ich doch so gern . . .

Ich begann wieder an meinen Nägeln zu kauen.

»Letzten Monat hatte ich Krach mit einem Mädchen. Ich hatte der etwas erzählt, was sie für sich behalten sollte, und sie hat es in der ganzen Klasse herumgeschwätzt. Ich war so wütend und wollte mit Mama darüber reden. Aber die hat nur gesagt: ›Hör, Sina, glaubst du, ich habe Zeit, mich mit solchen Kindereien abzugeben?‹ Aber wenn Mama ihre Freunde empfängt, dann hat sie stundenlang Zeit. Dann qualmen sie das Wohnzimmer voll, besaufen sich und klatschen. Nach dem dritten Whiskey geht es dann erst richtig los: Sie erzählen sich Gemeinheiten über Leute, die nicht da sind. Diese Eifersucht unter den Schauspielern! Ich hätte nie gedacht, dass Erwachsene so kindisch sein können.«

Ich war mal wieder in Fahrt gekommen. So war das immer: Wenn mir jemand zuhörte, redete ich wie ein Wasserfall, bis den Leuten der Geduldsfaden riss. Doch Papa nickte nur.

»Ich kenne das. Mit Schauspielern umzugehen ist, weiß Gott, kein Vergnügen. Die sind meist auf dem Ego-Trip und überempfindlich. Manche unter ihnen sind ganz große Künstler. Deine Mutter gehört dazu. Aber Künstler brauchen ihren Freiraum. Du kannst von ihr nicht erwarten, dass sie sich wie eine Glucke aufführt.«

»Das erwarte ich auch nicht!«, rief ich empört. »Ich will ja nur . . .«

In diesem Augenblick trat ein blonder Kerl mit einer Brille auf der Nase an unseren Tisch, neigte sich zu Papa und sagte: »Okay, Boss. Die Luft ist rein. Wir können weitermachen.«

»So«, grinste Papa, »habt ihr den Blechvogel abgeschossen?« Mir entging nicht, dass er erleichtert wirkte. Zum Blonden sagte er: »Schalt die Scheinwerfer an! Wo steckt denn das Skriptgirl? Ach, da bist du ja, Judy!«

Die junge Frau in Jeans und Schlabberhemd, nach der Papa gerufen hatte, schlenderte durch das Zelt, einen Notizblock unterm Arm und an einem Kugelschreiber kauend. Sie ging mit den Mechanikern weg. Hastig leerte Papa sein Glas. Das Arbeitsfieber hatte ihn gepackt und er konnte einem lästigen Gespräch aus dem Weg gehen.

»Tim, mach den Mund zu!«, sagte er zu einem anderen Typ, der gähnend aufstand. »Man sieht deine faulen Zähne. Kümmre dich um die Requisiten, und zwar schnell. Die Szene muss sitzen, bevor der Sonnenstand sich verändert.«

Tim trollte sich schniefend und nahm eine Hand voll Kabelschnüre mit. Papa schob seinen Stuhl zurück. Ich blieb sitzen, starrte auf das Wachstuch und knabberte an meinen Nägeln.

Papa holte tief Luft. »Es tut mir wirklich Leid, Sina. Ich muss arbeiten. Hör zu, wir können uns in den nächsten Tagen treffen. Wie wär's, wenn wir zusammen essen würden? In einem tollen Restaurant. Morgen Abend, zum Beispiel . . .«

Ich nickte. »Einverstanden.«

Doch Papa schnippte mit den Fingern. »Da fällt mir ein, das geht nicht! Morgen Abend treffe ich Putschinian.«

»Wen?«

»Den Produzenten, den kennst du doch«, sagte Papa ungeduldig. »Ich kann bei Putschinian unmöglich absagen. Der Mann hockt auf seinem Geldbeutel, ich muss um jeden Dollar feilschen. Und Donnerstag . . . nein, da bin ich auch besetzt. Aber wenn du willst, können wir uns Anfang nächster Woche treffen. Ich habe meine Termine nicht im Kopf, aber ich werde dich anrufen.«

Ich zog die Schultern hoch. »Am Sonntag reisen Mama und ich nach Mexiko.«

»So!« Papa wirkte erstaunt. »Das wusste ich nicht.«

»Bis dann ist Mama mit den Probeaufnahmen fertig. Sie will sich ein paar Tage in Acapulco erholen und dort die Beratungen über die Verleihung des Akademiepreises abwarten.«

Papa blinzelte mir zu. »Ich wünsche ihr die Auszeichnung und wär's auch nur, um ihr einen Nervenzusammenbruch zu ersparen!« Er lachte aus vollem Hals über seinen eigenen Witz und wirkte etwas verlegen, als ich in sein Lachen nicht einstimmte. »Na schön! Viel Vergnügen in Mexiko. Schreib mir mal eine Karte. Und vielleicht . . . Ja, vielleicht besuche ich dich mal am Wochenende.«

»Im Ernst?« Ich starrte ihn an.

»Wenn ich Zeit habe, sofort!«

Ich seufzte verbittert. »Du hast ja nie!«

»Sina«, sagte Papa in vorwurfsvollem Ton, »sei nicht ungerecht. Ich kann doch nicht den ganzen Aufnahmestab deinetwegen sitzen lassen.«

»Das will ich ja auch gar nicht«, murrte ich.

Papa setzte seine Schirmmütze auf. »Möchtest du bei den Aufnahmen zusehen? Gleich filmen wir, wie die Außerirdischen von Meteoriten getroffen werden. Ich habe zwei ausgezeichnete Stuntmen engagiert.«

An jedem anderen Tag hätte ich vor Freude einen Luftsprung gemacht. Nur heute nicht. Ich wollte plötzlich allein sein und niemanden mehr sehen. »Ich muss nach Hause. Ich habe noch eine Menge zu tun«, log ich.

»Gut!«, sagte Papa zerstreut. »James soll dich nach Hause fahren.« James war der Chauffeur, der den Schauspielern zur Verfügung stand. Schon lief Papa zum Zeltausgang. »Achtung! Die Kulisse, Tony! Die Wand ist aus Pappe und nicht aus Eisenbeton!«

Die Zeltklappe fiel zurück. Ich hörte Papa draußen seine Befehle brüllen. Er hatte vergessen sich von mir zu verabschieden.

In der leeren Kantine summten die Fliegen. Ein Kellner in Hemdsärmeln sammelte Gläser und Plastikbecher ein. Aus dem Kofferradio dröhnte eine geballte Rockladung. James, der schwarze Fahrer, kam ins Zelt und spuckte sein Kaugummi auf den Sandboden. Er hatte prächtige Goldzähne und einen gewaltigen Bauch.

»Der Boss hat gesagt, ich soll Sie nach Hause fahren.«

Ich nickte und folgte ihm wortlos nach draußen.

2

Mama kam erst gegen sieben heim. Ich saß in der Gartenschaukel und las einen Comic, als unser cremefarbener Ford über den knirschenden Kies anrollte. Mama saß selbst am Steuer. Sie fuhr den Wagen in die Garage und kam ein paar Minuten später durch den Garten. Sie trug weiße Leinenhosen und eine gelbseidene Bluse. Ihr langes, blondes Haar wurde von einem Tuch zusammengehalten, dessen durchsichtige Enden ihr über die Schultern flatterten. Sie war noch von den Aufnahmen geschminkt, aber der sanfte Dämmerschein milderte die allzu grellen Farben und verlieh ihrem schönen, klaren Gesicht einen perlmutterfarbenen Glanz. Als sie leichtfüßig und biegsam näher kam, schienen ihre schmalen Sandalen mit den goldenen Riemen den Rasen kaum zu berühren.

»Sina, Liebling! Hast du einen schönen Tag gehabt?«

Sie setzte sich neben mir in die Schaukel. Ich roch ihr Parfüm, das nach frischem Heu duftete.

»Es ging«, brummte ich.

»Hast du dich mit deinen Freundinnen getroffen?«

»Nein«, sagte ich und schüttelte den Kopf. »Ich hatte keine Lust dazu.« Und mit abgewendetem Blick fügte ich hinzu: »Ich habe Papa besucht.«

»Lass das Nägelkauen!« Mama verzog leicht den Mund. »Was hat er denn gesagt?«, fragte sie nach kurzem Schweigen.

Ich versuchte mich zu erinnern. Ja, was hatte er überhaupt gesagt?

»Nichts«, sagte ich schließlich und hatte nicht das Gefühl, zu lügen.

Mama gähnte und brachte die Schaukel mit der Fußspitze zum Schwingen. »Ich habe einen aufreibenden Tag hinter mir und bin total erledigt! Zwölf Mal musste ich eine Treppe hinaufsteigen, bis die Einstellung klappte. Meine Waden sind ganz taub. Jimmy Howard ist zwar ein ausgezeichneter Regisseur. Aber wie der mit den Leuten umgeht!«

»Ich könnte dich massieren«, schlug ich vor. »Wir haben es im College beim Hockeytraining gelernt.«

Mama lachte. Ein perlendes Lachen, sehr hübsch und ein wenig künstlich, wie wenn es auf der Kinoleinwand wirken musste. Ein richtiges Schauspielerlachen.

»Nein, mein Kleines! Sehr lieb von dir, aber ich habe keine Zeit. Ich muss mich für ein Dinner umziehen; dort werde ich Mike Callan treffen. Erinnerst du dich an Mike Callan, für den ich *Drei Tage in Manhattan* gedreht habe? Nun, er möchte mich in einem seiner nächsten Filme dabeihaben. Und außerdem kommen eine Menge Leute, die ich heute Abend noch sehen sollte ... Oh, mein armer Kopf! Ich bin seit heute Morgen um fünf auf Trab! Sina, sei so nett und mixe mir einen Bacardi, das kannst du so gut. Ich werde eine Tablette nehmen, damit ich munter bleibe.«

Sie warf einen Blick auf ihre Armbanduhr und richtete sich dann stöhnend auf.

»Mike schickt mir seinen Chauffeur um acht. Es bleiben mir drei Viertelstunden, um mich einigermaßen zurechtzumachen. Sag Janie, sie soll mir ein Bad einlaufen lassen, rasch!«

Ich sprang sofort auf. Man durfte Mama nicht widersprechen, wenn sie es eilig hatte. Während Janie sich um das Bad kümmerte, mixte ich an der Hausbar ihren

Drink: weißen Rum, Sodawasser und Orangensaft. Das Glas stellte ich auf ein Tablett und trug es vorsichtig die Treppe hinauf. Mama saß, in einen rosa Kimono gehüllt, vor ihrem Toilettentisch und reinigte ihr Gesicht mit einem Wattebausch. Ihre Haut war noch glatt und fein, aber die ersten kleinen Falten zeichneten sich schon um die Mundwinkel ab.

»Sina, du bist ein Schatz!«, seufzte sie, als ich das Glas behutsam neben sie stellte. Sie holte ein winziges Pillendöschen aus ihrer Handtasche, ließ eine kleine weiße Kapsel in ihre Handfläche gleiten und spülte sie mit einem kräftigen Schluck hinunter. Ihre Pillensucht machte mir Angst. Das konnte doch nicht gut für die Gesundheit sein! Sie schien zu ahnen, was ich dachte, und tätschelte mir beruhigend die Hand. »Ich kann doch nicht mit den Hühnern ins Bett gehen! Das Leben fängt am Abend erst richtig an. Was würden die Leute denken, wenn ich da im Abendkleid sitze und ständig gähne?«

Als Mama im Badezimmer verschwand, setzte ich mich vor den Schminktisch auf ihren Hocker und sah mich um. Mamas Zimmer war entzückend: ganz mit rosa Seidentapete bespannt und mit einem rosa Teppich ausgelegt, in den die Füße tief einsanken. Auf dem Schminktisch standen Reihen von Cremetöpfchen, Parfümflaschen, Nagellack und dutzende von Lippenstiften. Ich öffnete die Parfümflaschen der Reihe nach und schnupperte daran. *Miss Dior* roch nach Maiglöckchen. Ich stäubte es mir ins Haar. Das Zeug kribbelte in der Nase und ich musste laut niesen. Dann rieb ich mir das Gesicht mit einer erfrischenden Lotion aus Orchideen-Pollen ein, trug einen zyklamfarbenen Lippenstift auf und tuschte mir die Wimpern. Mama, die in einem weiten, weißen Bademantel aus dem Bad kam, warf mir einen Blick zu und lachte laut auf.

»Wie scheußlich! Du siehst ja aus wie Frankenstein!«

Sie bürstete ihr Haar, bis es wie Seide knisterte. Mit geschickten Bewegungen puderte sie sich Stirn und Wangen. Sorgfältig betonte sie ihre mandelförmigen grünen Augen, strich perlmutt glänzenden Lidschatten auf. Zuletzt kam der Mund dran: ein zurückhaltendes, schimmerndes Rot. Dann trat sie vor ihren Garderobeschrank. »Hilf mir, Sina! Welches Kleid soll ich anziehen?«

Mama fragte mich immer um Rat, aber sie befolgte ihn nie.

»Das blaue«, entgegnete ich aufs Geratewohl, ohne den Kopf zu heben.

»Meinst du?« Mama stöberte nachdenklich in ihren Gewändern. »Nein, für diesen Abend passt das weiße besser!«

Das weiße Kleid war lang, gerade geschnitten und wirkte sehr elegant. Mit seinen schillernden Reflexen, den seidigen Falten erinnerte es mich an Schmetterlingsflügel. Ich half Mama, es an den Schultern zuzuhaken. Ein schmaler Gürtel aus goldenem Leder schlang sich um die Taille. Ich betrachtete Mama, während sie sich vor dem großen Spiegel drehte. Wie schön sie war! Und neben ihr die vierzehnjährige Sina, in abgeschabten Jeans und zerknittertem T-Shirt. Wie nannte mich Janie? Eine ausgehungerte Ratte!

Eine Perlenkette und Ohrringe, die wie Glöckchen leise klirrten, vervollständigten Mamas Aufzug. Noch etwas Parfüm. Mama drückte auf den Zerstäuber, ohne dabei zu niesen und zu schniefen. Sie legte sich mit anmutiger Gebärde eine rosaseidene Stola über die Schultern und schlüpfte in Abendsandaletten mit schwindlig hohen Absätzen. Ich wäre mir darin wie auf Stelzen vorgekommen!

»Habe ich auch nichts vergessen?«, murmelte sie.

»Doch«, zischte ich. »Einen Schlafsack!«

»Aber Sina«, sagte Mama, »sei doch nicht so frech!« Sie strich mir übers Haar.

»Bis morgen, mein Kleines! Janie kocht dir bestimmt etwas Gutes.«

»Ich habe keinen Hunger«, motzte ich.

»Wirklich?«, sagte Mama zerstreut. »Du solltest Vitamine schlucken.«

Sie nahm eine kleine goldene Abendtasche und rauschte hinaus. Ich blieb allein in dem rosaroten Zimmer zurück; es stank nach *Miss Dior*. Von Schweigen umgeben, saß ich auf dem Hocker und empfand nichts als Langeweile, Missmut und Einsamkeit. Schließlich öffnete ich ein Lackfläschchen und begann meine Finger- und Zehennägel zu bemalen. Für jeden Finger und jede Zehe nahm ich eine andere Farbe.

3

Wenn ich es mir recht überlegte, hatte ich überhaupt keine Lust, nach Mexiko oder anderswo hinzufahren. Ich lebte in einem Zustand halber Geistesabwesenheit. Morgens schlief ich lange, trödelte herum, und wenn die Frühstückseier schön braun waren, aß ich sie, nur um Janie einen Gefallen zu tun. Anschließend trainierte ich im Schwimmbecken. Janie stoppte, während ich kraulte. In diesen Tagen war ich in Form und konnte meine bisherige Bestleistung steigern. Nachmittags hockte ich vor dem Bildschirm. Wir besaßen eine Riesensammlung von Videokassetten. Am liebsten sah ich mir die Filme an, die Papa gedreht hatte, weil ich bei den Aufnahmen oft dabei gewesen war. Mamas Filme sah ich mir seltener an: Sie wirkte immer so hübsch, das deprimierte mich nur.

Am Freitag kam mich Chubby besuchen. Chubby ging in meine Klasse und wir spielten in derselben Hockey-Mannschaft. Chubby war sechs Monate älter als ich und dreißig Zentimeter größer. Er wurde sicher mal eins neunzig wie sein Vater. Mit seinen blauen Augen und dem Bürstenschnitt sah er offen und freundlich aus, aber leider hielt er sich sehr krumm. Ich glaube, er war ein wenig in mich verliebt, aber ehrlich gesagt, ich wusste wirklich nicht, was er an mir fand.

Ich war gerade im Wasser, als er auf dem Rad in den Garten gefahren kam, sich neben dem Schwimmbecken hinsetzte und zusah, wie ich kraulte. Ich hob die Hand zum Gruß und schwamm noch ein paar Längen durch, nur um ihm zu imponieren.

»Du schwimmst nicht schlecht«, sagte er, als ich mich atemlos neben ihn auf die Fliesen stützte.

»Training!«, sagte ich leichthin. »Komm doch auch!«

Er schüttelte den Kopf. »Ich bin nicht gut im Kraulen. Handball liegt mir mehr.«

Ich schwamm auf dem Rücken vor ihm hin und her. »Wir können ja Handball im Wasser spielen.«

»Ich habe meine Badehose nicht dabei.«

Ich kicherte und spritzte ihn nass. »Komm doch ohne!«

Chubby war nie sehr schlagfertig gewesen. Er wurde

rot und wechselte schnell das Thema. »Wann fährst du nach Acapulco?«

»Am Sonntag.«

»Freust du dich?«

»Ist mir doch egal.«

»In welchem Hotel wohnt ihr denn?«

Ich dachte nach. »Mutters Sekretärin hat mir den Namen gesagt. Ach so, ja! *La Perla* heißt es.«

»Da sind wir auch gewesen«, sagte Chubby. »Du, da gibt es etwas ganz Tolles, das wird dir gefallen. Ganz dicht bei dem Hotel fällt eine Klippe steil ins Wasser. Jeden Abend, wenn Flut ist, klettern ein paar waghalsige Typen da hinauf und springen. Das ist eine bekannte Touristenattraktion.«

Ich lachte geringschätzig.

»Wetten, dass ich das auch könnte. Willst du mal meinen Rückwärtssalto sehen?«

Ich kletterte triefend auf den Bassinrand und hechtete rückwärts ins Wasser. Die meisten Mädchen saßen blöde da, während die Jungen ihre Kunststücke vorführten. Bei mir war das genau umgekehrt. Ich zog erst recht eine Show ab, wenn Jungen zusahen.

»Toll«, sagte Chubby, als ich schniefend wieder an die Oberfläche kam.

»Aber den Sprung von den Klippen würde ich dir trotzdem nicht empfehlen. Weißt du, wie hoch das ist? Fünfunddreißig Meter! Da, siehst du den Baum dort? Nun, die Klippe ist doppelt so hoch!«

Er zeigte auf eine große Tanne an der Gartenmauer. »Vielleicht sogar dreimal so hoch«, setzte er hinzu.

»Jetzt übertreibst du aber«, meinte ich.

»Ehrenwort! Es ist wahr!«, rief Chubby. »Die Burschen

haben ganz schön Mumm in den Knochen. Die müssen ganz genau aufpassen, dass sie nicht auf den Felsen aufschlagen.«

Ich versuchte mir das vorzustellen. Es musste ziemlich aufregend sein. Aber Chubby dachte schon an etwas anderes.

»Was machst du heute Abend?«

»Ich? Nichts!«, sagte ich und legte mich neben ihn auf die Fliesen.

»Gehen wir in die Disco?«

Ich verzog das Gesicht. »Nein, ich habe keine Zeit.«

Chubby sperrte die Augen auf. »Aber du hast doch eben noch gesagt . . .«

»Ich muss packen.«

»Doch nicht den ganzen Abend?«

»Ich habe auch keine Lust«, seufzte ich. »Ehrlich! Mir ist nur nach Verkriechen zu Mute. Alles geht mir auf die Nerven. Wenn ich die Leute in der Disco ansehe, kommen sie mir vor wie Fische im Aquarium. Kannst du dir das vorstellen?«

Chubby konnte es offenbar nicht. Er räusperte sich. »Na, weißt du . . . du bist ein sonderbares Mädchen!«

»Das haben schon viele gesagt!«

Ich strich mir das nasse Haar aus dem Gesicht und schaute ihn an. »Wärest du nicht auch manchmal gern tot?«

Das war zu viel für Chubby. »T . . ., tot?«, stammelte er. »Ich . . . nein! Um Gottes willen! Wie kommst du darauf?«

Ich hob die Schultern. »Einfach so. Es gibt Augenblicke, wo ich am liebsten tot sein möchte. Nichts mehr sehen und fühlen müssen. Ruhe haben . . .«

Chubby tippte sich an die Stirn. »Spinnst du?«

Der Arme wirkte so verstört, dass ich ihm eine Erklärung schuldete. »Natürlich will ich nicht für immer tot sein. Nur für einen Augenblick, damit sich meine Eltern so richtig aufregen. Dann möchte ich wieder lebendig werden und ihre Gesichter sehen!«

Chubby starrte mich an. »Weißt du, was? Du solltest zu einem Psychiater gehen!«

»Gute Idee!«, sagte ich leichthin. »Ich werde nach den Ferien einen Termin abmachen!«

Ganz verwirrt verließ mich Chubby. Ich begleitete ihn bis zum Tor und sah zu, wie er sich auf sein Rad schwang und davonfuhr. Plötzlich musste ich laut lachen. Zum Glück war Chubby schon weg, sonst hätte er sich bestimmt gefragt, ob ich vielleicht nicht ganz richtig im Kopf war. Es brauchte nicht viel, um ihn aus der Fassung zu bringen. Dafür zerbrachen sich meine Eltern nie den Kopf über mich. Dazu waren sie viel zu beschäftigt. Hatte ich nicht alles, was man sich nur erträumen konnte? Ein großes Haus mit Schwimmbecken, eine Stereoanlage, Videokassetten, ein Handy (das ich aber meistens nicht benutzte, weil das ganze SMS-Getue schon nach kurzer Zeit anfing mich zu langweilen), ausreichend Taschengeld und sogar einen Jungen, der mit mir in die Disco gehen wollte, obgleich ich aussah wie eine nasse Ratte? Worüber sollte ich mich also beklagen? Vielleicht war ich glücklich und wusste es nur nicht? Tut mir Leid, Chubby! Ein Psy, der sich mit mir abgab, würde bald durchdrehen und selbst einen brauchen!

4

Am Samstagmorgen gab mir Mama, die ihren letzten Drehtag im Studio erledigte, Geld, damit ich mir Strandkleider kaufte.

»Kind, wie läufst du herum! Immer diese vergammelten Jeans! Bevor wir abfliegen, gebe ich am Flughafen eine Pressekonferenz. Kauf dir gefälligst was Vernünftiges zum Anziehen.« Also ließ ich mich zum Beverly Center, einem so genannten Einkaufsparadies, fahren und schlenderte lustlos durch die Läden. Was es da so gab, das gefiel mir alles nicht. Lauter ausgeflipptes Zeug. Um das zu tragen, musste man groß, schön und selbstbewusst sein.

Ich kaufte ein paar T-Shirts, eine Auswahl Bikinis und zwei Shorts. Mama wollte unbedingt, dass ich ein Kleid »zum Ausgehen« erstand. So zwängte ich mich in ein weißes Spitzengebilde, in dem ich aussah wie ein Ice-cream-Soda.

»Entzückend!«, flötete die Verkäuferin. Ich nahm das Ding, um Ruhe zu haben. Wo immer wir uns auch aufhalten würden, am Nordpol oder auf den Sandwich-Inseln, überall würden sich Journalisten und Fotografen auf Mama stürzen und mich keines Blickes würdigen. Darum spielte es wirklich keine Rolle, ob ich in einer Ballrobe oder einem Lendenschurz aufkreuzte!

Abends, als Janie Mamas Koffer packte und ein Kleid nach dem anderen aus dem Schrank zog, stopfte ich meine Sachen, wie es gerade kam, in einen Sportsack. In fünf Minuten war ich fertig und hockte mich vor den Bildschirm. Ein für allemal hatte ich beschlossen, dass mich die Reise nach Mexiko nicht interessierte.

Die Sorgen um die Passfrage, die Bestellung der Flugkarten und die Hotelreservierung blieben Mable Tree, Mamas Sekretärin, überlassen, die uns nach Acapulco begleiten würde. Mable war eine Schwarze aus New York, die jahrelang als Revue-Girl gearbeitet hatte. Sie war fast so groß wie mein Vater, mit breiten Schultern und Beinen, die nicht enden wollten. Hinter der extravaganten Brille, die auf ihrer Nase balancierte, verbargen sich goldbraune, ruhige Augen. Ihre Haut hatte einen warmen, kaffeebraunen Schimmer und ihr krauses Haar umrahmte ihr ebenmäßiges Gesicht wie eine eng anliegende Kappe.

Mable verlor nie die Nerven. Wenn ich schlecht gelaunt war, ging ich zu ihr und sie setzte mir mit ein paar treffenden Sätzen den Kopf wieder zurecht. Mama, die es gewöhnt war, überall gelobt zu werden, hatte am Anfang ein wenig Mühe mit ihr, denn Mable sagte immer offen, was sie dachte. Natürlich war es nicht angenehm, Sachen an den Kopf geworfen zu kriegen wie »In der Abschiedsszene auf dem Schiff saß dein Reißverschluss schief. Dein Kleid spannte am Po!«. Zum Glück war Mama klug. Sie hatte schnell den Wert einer aufrichtigen Ratgeberin in einer Welt von Schmeichlern erkannt. Mable war wie die Perle in einer Austernbank und Mama ohne sie total aufgeschmissen.

Die Maschine der United Airlines nach Acapulco startete morgens um zehn Uhr achtzehn. Wir hätten sie fast verpasst, weil Mama einen Koffer vergessen hatte. Sie zwang den Taxifahrer mitten auf dem zweiunddreißig Kilometer langen Sunset Boulevard zu wenden und schließlich fand alles ein gutes Ende: Wir holten den Koffer und erreichten den Flugplatz von La Guardia eine halbe Stunde vor dem Start. Im Salon, der für VIPs reserviert war, trat Mama heiter lächelnd den ungefähr zwanzig Journalisten entgegen, die sie hier erwartet hatten. Blitzlichter zuckten auf. Man übergab ihr einen riesigen Rosenstrauß und schob ihr ein Dutzend Mikrofone unter die Nase.

»Ja«, hauchte Mama, »ich möchte ein paar Tage Ferien machen. Die Aufnahmen für den letzten Film waren schrecklich ermüdend! Gewiss, ich nehme mehrere Drehbücher mit, um sie zu studieren . . .«

»Miss Ferber«, rief ein Sommersprossiger, »können Sie uns den Titel Ihres nächsten Films verraten?«

Mama strahlte ihn an. »Der Titel ist zwar noch geheim, aber ich darf Ihnen jetzt schon verraten, dass ich unter der Leitung von Mike Callan spielen werde.«

Die Antwort löste interessiertes Gemurmel aus, denn Mike Callan galt als einer der umstrittensten amerikanischen Regisseure. Das Gemurmel verstärkte sich noch, als Mama den Namen ihres Partners bekannt gab. Er war ein Star im mittleren Alter, der, wie ich wusste, ein prachtvolles falsches Gebiss spazieren führte.

»Miss Ferber«, fragte eine Reporterin, »es geht das Gerücht, Sie seien für den begehrten Akademiepreis vorgeschlagen. Hoffen Sie diese Auszeichnung zu erhalten?«

Mama senkte ihr Gesicht in den Rosenstrauß. Die Bescheidenheit stand ihr gut.

»Was soll ich dazu sagen?«, säuselte sie. »Die Entscheidung liegt allein bei der Jury.« Sie neigte sich über die Mikrofone und fügte im vertraulichen, jedoch effektvoll verstärkten Flüsterton hinzu: »Aber ich muss Ihnen gestehen, falls ich zu den Preisträgern gehören sollte, wäre das der wundervollste Tag meines Lebens!«

Dann legte sie einen Arm um meine Schulter und posierte für die Fotografen. Ich schnitt ein finsteres Gesicht. Das fehlte gerade noch! Aber plötzlich sah ich, wie der Sommersprossige mit den Ohren wackelte, und musste laut auflachen. Na schön! Es würde mein »strahlendes Ferienlachen« sein, wie man später in den Zeitungen lesen konnte. Wir verließen den VIP-Salon und begaben uns zum Flugzeug. Unser nächstes Problem war: Wohin mit den Blumen? Mama übergab sie mir. Ich riss mir an den Dornen einen Finger auf und reichte die ganze Pracht an Mable weiter. Die zeigte diplomatisch ihre weißen Zähne und übergab die Blumen der Hostess, die auch nicht wusste, was sie damit anfangen sollte. Eine Vase war weit und breit nicht aufzutreiben.

Ein Steward führte uns in die erste Klasse. Die Passagiere reckten die Hälse, um Mama zu bewundern. Mich beachtete zum Glück niemand. Erlöst aufatmend sank ich in meinen Sitz. Der Glatzköpfige neben mir nickte mir kurz zu und vertiefte sich dann in die Lektüre von Börsenberichten. Ich war froh nicht reden zu müssen. Mir fiel ein, dass ich mein Handy zu Hause vergessen hatte. Aber ich ärgerte mich nicht wirklich darüber.

Die Bordlichter flammten auf. Wir schnallten uns an. Die Hostess verteilte Bonbons und Kaugummi. Langsam bewegte sich die Maschine über die Rollbahn und wendete schwerfällig. Das Brummen der Düsen steigerte sich zu einem schrillen Pfeifton, als das Flugzeug zum Start ansetzte. Ein dumpfer Stoß: Die Boeing hob mit einem gewaltigen Ruck vom Boden ab. Ich bewegte den Kiefer. Wasserfälle brausten in meinen Ohren und ich hatte ein unangenehmes Kribbeln in der Magengegend. Das Flugzeug gewann immer mehr an Höhe. Die

Leuchtschrift *No Smoking* vorn an der Kabine erlosch. Ich löste den Sicherheitsgurt und entspannte mich. Ich flog gern, aber beim Start kriegte ich immer feuchte Hände.

Die Stunden vergingen. Die Hostessen lächelten unermüdlich, obwohl sie inzwischen für hundertsechzig Personen zwei Mahlzeiten, Tee und Kaffee serviert, Zeitungen verteilt, zollfreie Spirituosen und Parfüm verkauft, eine Flasche für einen Säugling gewärmt und einen luftkranken Herrn zur Toilette begleitet hatten.

Von den schrägen Sonnenstrahlen geblendet, blinzelte ich satt und träge vor mich hin. Das gleichmäßige Summen der Triebwerke machte mich schläfrig. Ich fühlte, wie mir die Augen zufielen. Die Hostess stellte mir die Sitzlehne zurück. Ich machte es mir bequem und schlummerte ein.

Eine Hand rüttelte mich energisch wach. Aus dem Schlaf aufgeschreckt, blickte ich in Mables kaffeebraunes Gesicht. Ihre Zähne und ihre Brillengläser funkelten.

»Wach auf, du Siebenschläfer! Wir sind gleich da!«

»Wo?«, fragte ich blöde und richtete mich auf.

Mable deutete aufs Fenster. Die Maschine flog immer noch über dem Meer, aber sie hatte an Höhe verloren und die Küste kam schon in Sicht. Die Landschaft breitete sich verschwenderisch aus, übergossen von kupfernem Abendlicht. Weiche Bergkuppen von dunklem Grün, von rötlichen Klippen durchzogen, stuften sich halbmondförmig um eine Bucht. Das kobaltblaue, goldgesprenkelte Meer verlor sich am Horizont im violetten Nebel.

»Nicht übel!«, brummte ich.

»Fällt dir nichts Besseres dazu ein?« Mable rümpfte ihre wohlgeformte Nase. »Deine Ausdrucksweise ist eigentlich nicht angebracht, meine ich. Der Mensch hält sich für wer weiß wie klug und mächtig, aber eine Landschaft wie diese kann er nicht erschaffen. Die Luft verpesten, Betonklötze aufrichten und den Atommüll ins Meer versenken, das kann er. Und weil er an etwas glauben muss, glaubt er an sich selbst und an den Fortschritt.«

Ich wusste nicht, was ich darauf antworten sollte. Neben Mable kam ich mir immer schwachsinnig vor. Obwohl ich gern mit ihr diskutieren wollte, fand ich nie die Worte. Gleichzeitig fühlte ich aber, dass ich genauso empfand wie sie, während sich Mama über solche Probleme nie Gedanken machte. Für sie war die ganze Welt nur eine Filmkulisse. Und sie war der Star.

5

Das Hotel *La Perla*, das größte und bekannteste von Acapulco, besteht aus einer Anzahl Privatbungalows und ist wie ein Adlerhorst an den Berghang gebaut. Übereinander liegende Terrassen stufen sich bis zu einer schmalen felsigen Bucht hinunter; es ist, als sei die Klippe dort gespalten, und das grüne Meerwasser verfängt sich in der Felsenkluft. Von Ebbe und Flut gewiegt, atmet das Meer, murmelnd und mit leuchtendem Schaumgeglitzer überstreut. Manchmal, wenn Wind aufkommt, hört man ein donnerähnliches Dröhnen. Mit bedrohlichem, betäubendem Getöse werfen sich die Wogen gegen die Felsen und bersten Schaum sprühend.

Es war Morgen. Ich schlenderte allein über die oberste Terrasse. Mama war in unserem Bungalow geblieben, um sich zum Empfang der mexikanischen Journalisten zurechtzumachen. Mable, die fließend Spanisch sprach, saß mit dem Handy auf dem Sofa und gab Auskunft. Meine Kenntnisse in dieser Sprache waren nicht gerade glänzend. Ich konnte sagen: »Buenas tardes« (Guten Tag), »Buenas noches« (Guten Abend) und »Yo te quiero« (Ich liebe dich), was zwar nützlich sein konnte, sich aber nur unter besonderen Umständen anwenden ließ.

Ich lehnte am Geländer und betrachtete nachdenklich die Landschaft. Von den Klippen ging etwas Wildes, Ursprüngliches aus, das mich seltsam beeindruckte. Obwohl sie von Menschenhand bezwungen waren – Treppen schlängelten sich durch malerische Gärten mit leuchtenden tropischen Blumen –, hatten die Berge sich doch, wie aus Trotz, eine gewisse Unberührtheit, eine Art primitiven Stolz bewahrt. So mochten die Landschaften zu Beginn der Welt ausgesehen haben . . .

Schade, dass Mable nicht hier war! Ich hätte ihr gern geschildert, was ich empfand. Sie hätte mich bestimmt nicht ausgelacht. Plötzlich bemerkte ich etwas Sonderbares. Auf einem kleinen, über dem Meer hängenden Vorsprung war ein Altar in den Felsen gehauen. Ein kleines Standbild verkörperte die Heilige Jungfrau oder eine Schutzpatronin, ich konnte nicht erkennen, um wen es sich genau handelte. Der Ort war sicher eine Gedenkstätte. Aber um dort hinzugelangen, musste man Schwindel erregende Felsen erklimmen. Ein einziger Fehltritt genügte, um sich den Hals zu brechen.

»Sie betrachten den Golf, Señorita?«, sagte eine Stimme hinter mir. »Von jenem Felsen springen jeden

Abend die Taucher ins Meer. Sicher haben Sie davon gehört?«

Ich wandte den Kopf und bemerkte einen der kleinen Hoteldiener in blauer, nach Art der Kleidung spanischer Tänzer geschneiderter Uniform. In dem aufgeweckten Gesicht leuchteten lebhafte Augen. Der Junge hatte englisch gesprochen, wenn auch mit starkem spanischem Akzent.

Als er meine neugierige Miene sah, beugte er sich über das Geländer und streckte den Arm aus.

»Sehen Sie? Auf jenen Felsen dort klettern sie und zünden der Madonna eine Kerze an. Dann warten sie den Augenblick ab, in dem das Wasser in den Golf einströmt, und springen. Wenn sie ein paar Sekunden zögern, zieht sich das Meer wieder zurück und sie brechen sich die Knochen.«

Ich schätzte die Entfernung zwischen dem Altar und dem blaugrünen, schaumbedeckten Wasser ab. Es waren gut vierzig Meter, die Höhe eines zwölfstöckigen Hauses. Chubby hatte also nicht übertrieben.

»Es ist sehr gefährlich«, sagte der Hoteldiener.

Das glaubte ich ihm gern. Ich war echt beeindruckt. »Das müssen gute Sportler sein.«

Der Hoteldiener schüttelte den Kopf. »Es gibt schon Fünfzehnjährige, die da mitmachen. Hier am Meer lernen die Kinder früh schwimmen. Wir haben viele Arbeitslose«, setzte er achselzuckend hinzu.

Ich starrte ihn an. »Aber die riskieren ja ihr Leben!«

»Der Job wird gut bezahlt«, sagte gleichmütig der Hoteldiener und schenkte mir ein breites Reklamelächeln.

»Werden Sie den Springern zuschauen, Señorita? Das Schauspiel beginnt bei Sonnenuntergang.«

In Acapulco besteht der Strand aus verschiedenen Buchten, die durch dicht bewachsene Felsen voneinander getrennt werden. Die Küste ist von einem Palmengefieder bedeckt. Die Palmen zeichnen sich hoch aufragend oder leicht geneigt gegen den hellen Himmel ab und ihre grünen Federwipfel schwanken über dem Sand. Draußen gischtet die Brandung an einem Korallenriff empor und noch weiter entfernt leuchtet das tiefe Blau des offenen Meeres.

Gegen elf begleitete ich Mama zum Privatstrand des Hotels. Sie trug einen raffiniert geschnittenen Einteiler. Ein Strohhut beschattete ihr erfrischtes Gesicht. Sie setzte sich in einen Liegestuhl und ließ sich von mir den Rücken mit Sonnenöl einreiben. Nach wenigen Minuten hatte sich ein ganzer Hofstaat von jungen und weniger jungen Männern um sie versammelt. Die Lokalzeitungen hatten die Ankunft Dorothy Ferbers in *La Perla* gemeldet und die mexikanische Männerwelt war in Erregung geraten. Die Herren gingen aufrecht, mit eingezogenem Bauch und ließen ihre Armmuskeln spielen. Mich schubsten sie und traten mir auf die Zehen. Sie wussten offenbar nicht einmal, dass ich dazugehörte. Ich hatte bald die Nase voll, überließ meine Mutter ihren Anbetern und schlenderte den Strand entlang. Der Sand war weich und warm. Innerhalb des Korallenbogens leuchtete die Bucht türkisblau und grün. Das Wasser schien sich wie eine riesige Kristallschale zu füllen. Ich warf mich der Länge nach in den Sand und betrachtete den grünen Schatten der Palmen, der sich auf meiner Haut spiegelte. Woher kam dieser sonderbare Eindruck von Unendlichkeit, von Ruhe? Zum ersten Mal seit langem fühlte ich mich wohl. Ich hatte Lust, mich im Sand zu vergraben wie eine Krabbe und reglos da liegen zu bleiben bis ans Ende aller Zeiten. Leider musste ich zum Mittagessen zurück ins Hotel. Als ich unseren Bungalow betrat, dessen Fensterfront einen herrlichen Blick auf einen tropischen Garten freigab, sagte mir Mable, meine Mutter sei in heller Aufregung, weil ich so spät kam. Wir sollten mit den Stevens essen, einem Impresario-Ehepaar aus New York, das Mama schon seit langem kannte.

Ich zog die Schultern hoch. »Ist mir doch schnuppe, mit wem wir essen!«

Mama, die ein Hosenensemble aus blassgrüner Seide trug, kam aus ihrem Zimmer und stieß einen Schrei aus.

»Sina! Wo hast du die ganze Zeit gesteckt? Was ist denn los mit dir? Du bist ja voller Sand!«

Ich sah unwillkürlich an mir herunter und wischte den Sand von der Haut.

»Aber doch nicht hier auf dem Teppich!«, kreischte Mama. »So kannst du nicht mit uns essen. Kämm dich und zieh dir was Anständiges an!«

Ich hatte es satt, wie ein Wickelkind behandelt zu werden. »Du wirst dich wundern!«, gab ich patzig zurück. »Vielleicht ziehe ich mir etwas Unanständiges an!«

»Sei nicht frech, Sina!«, seufzte meine Mutter. Das Telefon läutete. Mable nahm den Hörer ab, sagte »Einen Augenblick bitte« und reichte ihn Mama. Während sie sprach, mir war es egal, mit wem, huschte ich ins Badezimmer. Der Raum war voller Spiegel. Ich sah mich von vorn, von hinten, von allen Seiten. Der Anblick war nicht sehr erbaulich. Ich streckte mir die Zunge raus, schüttelte den Sand aus den Haaren und bürstete sie, bis sie mir zu Berge standen. Dann trug ich silbernen Lidschatten auf und schminkte mir die Lippen knallrot. Ich ging in mein Zimmer, warf die Sachen, die ich angehabt hatte, auf den Boden, zog ein schwarzes T-Shirt über, rote Shorts und schlüpfte in grasgrüne Socken. Dann schmückte ich mich mit Mamas Strassohrringen und mit ihrer echten Perlenkette, die mir bis zur Taille baumelte. Zufrieden betrachtete ich mich im Spiegel. Die reinste Vogelscheuche! Etwas fehlte noch. Ich ergriff eine Schere und schnitt ein großes Loch in das T-Shirt, in der Höhe des Bauches, sodass man meinen Nabel sah. Dann steckte ich mir ein Kaugummi in den Mund, kehrte ins Wohnzimmer zurück, gerade als Mama ihr Handy in die Handtasche steckte. Entsetzt starrte sie mich an, als wär ich eine Irre.

»Wie siehst du denn aus?«

»Unanständig!«, sagte ich.

K. O. für Mama. Aber ich bemerkte, wie Mables Augen hinter den Brillengläsern amüsiert aufblitzten.

»Vielleicht ist es besser, sie macht eine Schau, als dass sie sich in eine Ecke verkriecht«, meinte sie gelassen. Mama spreizte hilflos die Hände und sah verstört auf die Uhr.

»Himmel! Schon eine Stunde Verspätung! Die Stevens gehen die Wände hoch!«

Man kann sagen, dass unser Erscheinen im Speisesaal Aufsehen erregte. Ich merkte mit Genugtuung, dass ich ausnahmsweise Mama die Schau stahl. Die Gäste saßen da, mit der Gabel in der Luft. Der Bissen blieb ihnen buchstäblich im Hals stecken.

Die beiden New Yorker hatten schon fünf Aperitifs getrunken. Sie zogen es vor, gute Miene zum bösen Spiel zu machen.

»Was für ein reizender kleiner Wildfang!«, rief mit säuerlichem Lachen Eunice Stevens, die, in ein rosa Leinenkostüm gewickelt, einen Diamantring trug. Sie hatte früher in einigen Filmen mitgewirkt, aber heute war sie nicht mehr gefragt. Im vorigen Jahr hatte sie sich das Kinn liften lassen und bekam trotzdem keine Rollen mehr.

Gary Stevens, ein dünner Herr im weißen Tropenanzug, schenkte mir ein müdes Lächeln.

»Apart!«, murmelte er mit wohlerzogenem Sarkasmus.

Er zwinkerte mir zu, als wollte er sagen: »Wir beide werden schon Freunde werden.« Ich sah ihn ausdruckslos an und mahlte mit den Kiefern. Mama ließ ein verlegenes Lachen hören.

»Es tut mir Leid, unsere Verspätung ... Ich ... ich hatte noch ein dringendes Telefongespräch zu erledigen!«

Es gab Hummercocktail und danach Filet Mignon. Die Erwachsenen tranken Sekt, ich eine Cola. Mable sah mich von der Seite an, während ich in meinem Teller herumstocherte und mal wieder keinen Appetit hatte. Ihr war natürlich nicht entgangen, dass ich meinen Kaugummi unter den Stuhl klebte.

Mama und der Impresario fachsimpelten. Wenn die Teller gewechselt wurden oder eine Gesprächspause entstand, befassten sich die Stevens mit mir. Ob ich gern zur Schule ginge? Ob ich viele Freunde hätte? Ob ich auch mal zum Film wollte?

Eunice, die mich offensichtlich unausstehlich fand, schoss einen Giftpfeil gegen mich ab. »Früher wurde jede Schauspielerin in die zeitgemäßen Schönheitsnormen gepresst. Interessante Persönlichkeiten waren kaum gefragt.«

»Schauspielerin werde ich nie!«, rief ich. »Dieses Affentheater! Immer auf Kommando heulen, küssen oder sich ausziehen. Nein, danke!«

»Aber Sina!«, stöhnte meine Mutter.

Eunice zog beleidigt ihr geliftetes Kinn ein und Gary Stevens meinte besänftigend: »Na ja, die Jugend hat heute eine sehr ungezwungene Art, die Dinge beim Namen zu nennen. Was willst du denn werden?«, fragte er mich und zückte einen Zahnstocher.

»Regisseur«, erwiderte ich. »Wie mein Vater.«

»Aufschlussreich!«, murmelte Gary und stocherte in seinen Zähnen herum, aber Eunice sagte ziemlich spitz: »Ich kenne keine Frau, die als Regisseurin berühmt geworden wäre.«

Ich war so wütend, dass ich mich verschluckte und einen Hustenanfall zu bekämpfen hatte.

»Kunst ist geschlechtslos!«, fauchte ich mit rotem Kopf. »Es kommt nur auf das Talent an!«

Gary betrachtete mich nachdenklich und rieb sich die Nase, während Mable mir auf den Rücken klopfte.

»Nicht schlecht formuliert!«, meinte er. »Es könnte sogar sein, dass sie es schafft. Regisseure müssen eine große Klappe haben.«

Bei Sonnenuntergang war die oberste Hotelterrasse prall besetzt. An kleinen Tischen sitzend, schlürften die Gäste ihre Drinks. Vergnügtes Gelächter und heiteres Stimmengewirr erfüllten die Luft. Auf einem mit exotischen Pflanzen geschmückten Podium spielte ein Orchester mexikanische Schnulzen. Einige Paare bewegten ihre Hüften auf einer ovalen, mit buntem Mosaik belegten Tanzfläche.

Man hatte uns einen gut platzierten Tisch reserviert, von dem aus wir die Klippen und die Bucht überblicken konnten. Nach dem Essen hatte ich meine »Kriegsbemalung« abgewaschen und war zwei Kilometer weit gekrault. Das Schwimmen hatte meine Nerven beruhigt und jetzt war ich friedlich gestimmt. Dafür schmollte nun Mama und tat so, als wäre ich Luft. Ihrer Ansicht nach hatte ich mich total danebenbenommen. Kann schon sein, aber mir war einfach der Kragen geplatzt. Sie sollte doch wissen, dass ich mit ihren Freunden nichts anfangen konnte. Schließlich war ich nicht ihr Teddybär!

Die Sonne hatte nun den Horizont verlassen, der kupferrot brannte. Ein leichter Wind wiegte die Wipfel der Palmen sachte hin und her. Plötzlich verstummte das Orchester. Die Tanzpaare kehrten an ihre Plätze zurück. Ein Murmeln lief durch die Menge der Zuschauer, als drei Scheinwerfer das veilchenfarbene Halbdunkel erhellten und sich auf den fünfzig Meter tiefer liegenden Felskopf richteten. Drei schmale Gestalten tauchten zwischen den Steinen auf. Sie warfen sich in die schäumenden Wellen und durchquerten mit einigen Stößen den schmal eingeschnittenen Golf. Als sie das gegenüberliegende Ufer erreicht hatten, stiegen sie an Land und begannen die Klippe zu erklettern. Das Scheinwerferlicht folgte ihnen und umgab ihre bronzenen Körper mit einem leuchtenden Kreis.

Einen Augenblick später hatten die Jungen die Plattform erreicht; nichts ließ die Anstrengung erraten, welche sie hinter sich hatten. Sie standen vor dem Altar. Einer nach dem andern trat darauf zu und zündete eine Kerze an, die sie zu Füßen des Standbildes aufstellten.

Der Wind zerrte die zarten, fahlen Flämmchen nach allen Seiten. Die Jungen sammelten sich einen Augenblick und näherten sich dann dem Rand des Abgrundes. Dort standen sie, namenlose und dunkle Schatten vor dem Hintergrund des violetten Himmels. Auf ein geheimnisvolles Zeichen hin warfen sich zwei von ihnen mit ausgebreiteten Armen, wie Schwalben schwebend, in die Luft. Zwei Schaumgarben öffneten sich wie Blumen im schwarzen Wasser der Bucht. Nur noch ein Springer stand jetzt am äußersten Rand des Felsens. Ein Sprung – und der schmale, gebogene Körper glitt dicht über der scharfen Kante der Klippe in die Nacht hinaus. Es war, als sei alle Schwerkraft aufgehoben, bevor er lautlos in den phosphoreszierenden Wellen verschwand.

Einige Augenblicke später tauchte er wieder auf und schwamm mit kräftigen Stößen ans Ufer. Seine Gefährten waren dort schon angekommen. Einer von ihnen kauerte sich nieder und reichte ihm die Hand, um ihn an Land zu ziehen. Jäh erloschen die Scheinwerfer. Finsternis verhüllte den Abgrund.

Der Zauber war gebrochen. Die Zuschauer klatschten Beifall. Das Geplauder hob von neuem an, die Band setzte wieder ein. Ein Sänger, ganz in Schwarz gekleidet, einen großen Strohhut auf dem Kopf, gab einen gefühlvollen Song zum Besten. Ich hörte, wie Mable vor sich hin murmelte: »Der heilige Ritus der Azteken . . . frei übernommen vom Verkehrsverein und bühnengerecht verpackt!«

Ich wandte ihr rasch mein Gesicht zu, doch ihre Miene war ausdruckslos. Mit einer etwas ungeduldigen Handbewegung zündete sich Mama eine Zigarette an.

»Ich finde, sie machen zu viel Aufhebens von der Sache. Viel Lärm um nichts.« Sie stieß den Rauch durch die Nase. »Was hältst du von Garys Vertrag?«, fragte sie Mable. »Ich bin nicht abgeneigt mit ihm zusammenzuarbeiten, aber einige Klauseln sollten noch geändert werden.«

»Mmm!«, brummte Mable und rückte ihre Brille zurecht. »Wir müssen das in Ruhe besprechen. Nicht hier. Ich kann mich nicht konzentrieren, wenn mir der Schönling dort *Bésame mucho* ins Ohr säuselt!«

6

Ich war früh aufstehen gewöhnt und konnte nach sieben nicht mehr im Bett bleiben. Vögel zwitscherten und durch die Ritzen der Rollläden schimmerte Sonnenlicht. Ich stand auf, ging ins Badezimmer, um zu duschen. Ich begann mit warmem Wasser und endete mit einem eiskalten Strahl. So liebte ich es. In T-Shirt und Shorts schlich ich auf Zehenspitzen an Mamas Zimmer vorbei. Überrascht sah ich, dass Mable schon auf der Terrasse saß. Sie hatte sich ihr Frühstück bringen lassen: Toast mit Butter und Orangenmarmelade, dazu frische Papaya, Mango und eine halbe Melone. Sie trug einen weißen Bademantel, der ihre schönen braunen Beine freiließ, und trank Kaffee in der lauen Morgensonne.

»Ich war schon um sechs am Strand und bin geschwommen.« Mable schüttelte ihr krauses nasses Haar. »In der ganzen Bucht weit und breit kein Mensch – herrlich!«

»Ist die Post schon da?«, fragte ich.

Sie zeigte auf den Stapel Briefe neben ihrem Frühstückstablett. »Der Zimmerkellner hat sie soeben heraufgebracht.«

Hastig durchsuchte ich den Stapel, ob wohl ein Brief von Papa dabei wäre. Aber ich fand keinen. Ich schluckte meine Enttäuschung hinunter.

»Ich gehe ein bisschen spazieren«, sagte ich.

»Wohin denn?«

Ich zog die Schultern hoch. »Keine Ahnung. Ich will irgendwo hin, wo es keine Touristen und keine Klimaanlage gibt. Wo es schmutzig ist, voller Fliegen, und wo man Süßigkeiten mit klebrigen Fingern essen kann!«

Mable ließ ein Glucksen hören. »Es gibt Pflanzen, die im abgeschlossenen Klima der Treibhäuser gedeihen«, sagte sie, scheinbar beziehungslos. »Und andere vertrocknen trotz wachsamer Pflege.«

Ich grinste sie an. »Vergleichst du mich mit einem Kaktus?«

Mables Zähne leuchteten in ihrem dunklen Gesicht. »Ich habe immer gewusst, dass du vernünftig bist. Aber ich rate dir vor dem Fortgehen zu frühstücken.«

»Ich will nicht auf den Kellner warten«, sagte ich ungeduldig. »Darf ich etwas von deinem Kaffee haben? Und auch ein Stück Papaya?«

Einige Minuten später verließ ich den Bungalow und durchquerte den Garten. Ein Aufzug brachte mich zum Eingang des Hotels. Der Empfangschef, der schon in aller Frühe wie ein frisch gestärkter Pinguin aussah, grüßte mich wohlwollend. Eine Putzfrau polierte die riesigen Fensterscheiben. Im Frühstücksraum klapperte Geschirr. Ein kleiner Hoteldiener stürzte herbei, um mir die Türflügel zu öffnen. Dann war ich draußen, in der frischen Morgenluft. Zunächst ging ich eine breite, von Blumenbeeten und Palmen gesäumte Straße entlang. Wolkenkratzer, mit dreißig Stockwerken und mehr, standen neben alten Barockhäuschen aus der Kolonialzeit, die einmal sehr hübsch gewesen sein mussten. Ich merkte bald, dass grünes Licht an der Fußgängerampel für die Autofahrer als Aufforderung galt, noch schneller zu fahren. So sprang ich durch die Lücken, die sich boten, und wertete das Hupen als Beifallsäußerung zu meiner sportlichen Glanzleistung! Dann schlenderte ich, wie der Zufall es ergab, durch einige Seitenstraßen. Jäh änderte sich das Bild: Es war, als käme ich in eine andere Welt.

Die Morgensonne ließ die dicht gedrängten Häuserquader an den schlecht gepflasterten Gässchen wie helle Kristalle schimmern. Wäsche hing zum Trocknen an Fenstern und Balkonen. Hinter schmiedeeisernen Gittern standen steinerne Blumentöpfe. Eine Schar kleiner Mädchen in weißen Blusen und dunkelblauen Röcken ging zur Schule. Männer in der weißen Tracht der Dorfbewohner schlenderten langsam einher. Sie trugen Sandalen aus geflochtenem Stroh, die mit einer Schlaufe um den großen Zeh gehalten werden. Alte Frauen, einen schwarzen, baumwollenen Schal um den Kopf, schleppten schwere Einkaufstaschen. Transistoren plärrten. Eine riesige Cola-Reklame deutete auf eine *Estancia* hin, eine Kneipe, wo man eisgekühlte Limonade trinken konnte.

Ich folgte den Leuten und kam auf einen Marktplatz. Rufe und Stimmengewirr erfüllten die Luft. Es roch nach Frischgebackenem, nach Knoblauch, Holzkohle, Fisch und Seetang. Ich schlenderte zwischen den Ständen hindurch, betrachtete die Berge von Krabben, die noch lebenden Hummer, Austern, Muscheln, die gelatineartige Masse der Tintenfische. Berge von rohem Fleisch schimmerten im Licht, das Blut trocknete an der Sonne. Mir wurde ein bisschen übel, aber es war mir gleichgültig. Handwerker hatten ihre Schüsseln, Becher und Schalen auf Tüchern ausgebreitet, Früchte häuften sich zu leuchtenden Pyramiden. Die Menge stieß mich, schob mich mit sich fort. Gitarrenklänge aus einem Café mischen sich mit dem Läuten einer zersprungenen Glocke. Eine hübsche weiße Barockkirche schimmert hinter Palmen. Möwengekreisch, ein Säugling schrie aus Leibeskräften. Plötzlich drang eine seltsame Musik an mein Ohr. Unwillkürlich blieb ich stehen und blickte mich nach allen Seiten um. Mein Blick fiel auf einen Mann, der etwas abseits an einer Mauer lehnte und Flöte spielte. Er trug Hemd und Hose aus weißer Baumwolle. Eine rote Schärpe war um seine Hüften geknotet. Die Augen in seinem dunklen, fast kaffeebraunen Gesicht waren auf den Boden gerichtet. Seine schlanken Finger huschten behände über die mit kleinen Glasstückchen verzierte Flöte, der er eine seltsam melancholische Melodie entlockte. Die Tonfolge stieg und fiel, schwang sich ins Leere wie ein unsichtbarer Faden, der Note für Note ein Netz vibrierender Töne webt. Ich starrte den Mann an, trat wie verzaubert näher. Ein Fahrrad streifte mich, ich achtete nicht darauf. Bremsen kreischten, ein heftiger Stoß – und ich lag mit dem Gesicht auf dem Pflaster. Meine Hüfte schmerzte. Wie durch Nebel drangen Schreie und Schimpfen in mein Bewusstsein. Woher kam dieser Wagen, fragte ich mich. Ich Schafskopf hatte vergessen, dass es Autos gab!

Die Flöte war verstummt.

Ein Mann half mir auf. Ich schwankte ein wenig. Mein Bein tat sehr weh, aber es schien nicht gebrochen zu sein. Ich stützte mich auf den Mann oder auf die Kühlerhaube des Wagens, ich weiß es nicht mehr. Eine verschwommene Wand von Gesichtern umgab mich. Die Leute tuschelten und blickten neugierig, hielten sich aber abseits. Und dieser Fischgestank! Das bisschen Kaffee, das ich heute Morgen zu mir genommen hatte, drohte mir hochzukommen. Der Boden schwankte und kam mir entgegen. Ich biss die Zähne zusammen und spürte, wie mir der Schweiß in kalten Strömen über den Rücken floss.

Endlich gelang es mir, die Übelkeit zu unterdrücken. Mein Blick klärte sich. Ich strich mir klebrige Haarsträhnen aus dem Gesicht, während der Mann, der mich stützte – offenbar der Lenker des Wagens – mit bestürzter Miene in Spanisch auf mich einredete. Sein kleiner schwarzer Schnurrbart zitterte vor Erregung und er schwitzte fast ebenso stark wie ich. Er bombardierte mich mit Fragen, von denen ich keine einzige verstand. Ich grinste ihn verständnislos an und zog die Schultern hoch. In dem Augenblick kam mir jemand zu Hilfe. Da sprach einer Englisch, und als ich den Kopf wandte, bemerkte ich einen Jungen, der mich besorgt lächelnd ansah. Sein Englisch war gebrochen und zögernd, aber verständlich.

»Der Señor fragt, ob Sie verletzt sind.«

Ich schüttelte den Kopf. »Es ist nicht schlimm.«

»Der Señor sagt, es ist nicht seine Schuld«, fuhr der Junge fort. »Sie sind so unerwartet auf die Fahrbahn gelaufen, dass er nicht hat bremsen können.«

»Macht nichts!«, versicherte ich und schaute den Wagenlenker, der völlig außer Fassung schien, aufmunternd an. Als er sah, dass ich ihm keinerlei Vorwurf machte, erhellte sich seine verdüsterte Miene. Er zog ein Taschentuch hervor und fuhr sich damit über Stirn und Oberlippe. Dann stellte er mir erneut Fragen, die der Junge übersetzte.

»Der Señor fragt, ob er Sie nach Hause fahren soll.«

»Nein, danke«, gab ich mit Nachdruck zurück. »Sagen Sie ihm, es ist sehr freundlich von ihm, aber ich kann jetzt gut allein gehen.«

Der Schnurrbärtige wurde zusehends munterer. Einen Moment standen wir da, lächelten uns freundlich an und entschuldigten uns gegenseitig. Dann packte er meine Hand, drückte sie, als wolle er sie zerquetschen, und wiederholte immer wieder voller Inbrunst: »Adiós, adiós!« Schließlich stieg er in seinen Wagen und fuhr sichtlich erleichtert davon. Die Menge zerstreute sich allmählich. Nur der Junge, der mir als Dolmetscher gedient hatte, ging nicht. Er wirkte sympathisch und ich schenkte ihm ein zerknirschtes Lächeln.

»Bei uns zu Hause wimmelt es nur so von Autos und mir ist noch nie was passiert! Ausgerechnet in Mexiko knalle ich gegen eine Kühlerhaube!«

Sein Gesicht verriet Erleichterung. »Sie sind die engen Straßen sicher nicht gewöhnt?«

»Ich war mit den Gedanken ganz woanders. Ich hörte diese Flöte . . .«

»Ach!«, sagte er versonnen lächelnd. »Sie meinen die Chimiria. Sie wird fast nur noch auf dem Lande gespielt. Sie hat einen merkwürdigen Klang, nicht wahr?«

Seine Stimme hörte sich jetzt gleichgültig an. Ich

schwieg. Der Zauber war verschwunden und ich sah mich außer Stande zu erklären, was passiert war. Ich kam mir nur noch lächerlich vor.

Wir standen uns gegenüber und schauten uns an. Der Junge war etwas älter als ich. Ich schätzte ihn auf siebzehn. Er war mittelgroß und schmal, obwohl er sportlich durchtrainiert wirkte. Er trug Jeans und ein weißes Hemd. Seine Haut war von dunkler Farbe, wenn auch nicht ganz so dunkel wie die des Flötenspielers, der nun verschwunden war. Seine Stirn war breit und glatt, der Haaransatz zeichnete sich schwarz ab wie Rabenfedern. Die dichten Brauen wuchsen über der Nase eng zusammen und liefen zu den Schläfen in Spitzen aus. Er hatte hohe Wangenknochen, eine wohlgeformte Nase. Mir fiel der unmittelbare, ernste Ausdruck der mandelförmigen Augen auf. Alles in allem war sein Gesicht eher interessant als schön zu nennen und bestimmt nicht gewöhnlich. »Auf Wiedersehen und danke!«, sagte ich schließlich, da keiner von uns sprach. Wir konnten uns ja nun nicht stundenlang anglotzen.

Der Junge verzog die Lippen zu einem Lächeln. Er neigte den Kopf, sodass ihm das halblange Haar ins Gesicht fiel. »Adiós Señorita. Que la vaya bien!«

Ich drehte mich um und ging über den Platz. Nach wenigen Schritten spürte ich etwas Klebriges am linken Knie, und als ich hinsah, tropfte das Blut aus einer daumendicken Platzwunde. Ich fluchte leise vor mich hin. Ich hatte nicht mal Geld dabei, um mir ein Heftpflaster zu besorgen!

»Tut es sehr weh?«, fragte dieselbe sanfte Stimme, und der Schatten des Jungen, der mir gefolgt war, tauchte neben dem meinen auf.

Ich grinste kleinlaut. »Es ist wirklich nicht das erste Mal, dass ich mir das Knie aufschlage, aber jetzt brauche ich Heftpflaster und habe keinen Centavo bei mir!«

»Da kann ich dir helfen«, sagte der Junge. »Da vorn ist eine Apotheke.«

Die Apotheke sah aus wie ein richtiger Kramladen und es roch nach Kampfer. Ein Dicker in einem Kittel von zweifelhaftem Weiß, der mich unpassenderweise an einen Metzger erinnerte, bepinselte mein Knie mit Jod und legte mir einen Verband an. Der Junge zog ein zerschlissenes Portmonee aus der Jeanstasche, aber der Dicke winkte freundlich ab, was mich sehr erleichterte.

Dann standen wir wieder draußen, in der prallen Sonne. Dem Jungen musste auffallen, wie unschlüssig ich nach allen Seiten blickte, denn er fragte: »Hast du dich verirrt?«

»Du magst mich für beschränkt halten«, gab ich zu, »ich weiß tatsächlich nicht mehr zurück!«

»Wo wohnst du denn?«

Ich zögerte, bevor ich ihm den Namen des Hotels nannte. Er nickte und schien gar nicht erstaunt.

»Es ist nicht weit von hier. Darf ich dich hinbegleiten?«

Ich wollte gerade nicken, als mich ein Gedanke durchzuckte: Weiß er, wer du bist? Hilft er dir nur, um nachher bei seinen Freunden damit anzugeben? Instinktiv versteifte ich mich und musterte ihn kalt. Was ging in ihm vor? Doch in seinen schwarzen Augen las ich nur aufrichtige, spontane Teilnahme. Ich bin wahrhaftig ein komplizierter Mensch, denn statt darüber glücklich zu sein, überfiel mich das heulende Elend. Fast wäre ich in Tränen ausgebrochen. »Einverstanden!«, sagte ich schließlich mit zugeschnürter Kehle.

Schweigend passte er sein Tempo dem meinen an. Während ich neben ihm herhumpelte, wurde mir auf einmal bewusst, wie schön er war. Es war eine dunkle, sozusagen innere Schönheit, etwas, das bei Menschen im Allgemeinen und bei Jungen im Besonderen höchst selten vorkommt. Er strahlte eine seltsame Ruhe aus. Ich war beeindruckt.

»Bist du aus Acapulco?«, fragte ich.

»Nicht ganz«, erwiderte er. »Meine Mutter stammt aus der Provinz Michoacan. Aber wir haben immer hier gelebt.« Er warf mir einen raschen Blick zu. »Du bist Amerikanerin, nicht wahr? Aus welchem Staat?«

»Los Angeles, Kalifornien«, brummte ich.

Er lächelte. »Natürlich!«

»Wieso natürlich?«, entgegnete ich kratzbürstig.

»Die meisten Leute im *La Perla* kommen aus Los Angeles oder New York«, meinte der Junge ruhig. Ich aber glaubte, aus seiner Stimme einen leicht geringschätzigen Ton herauszuhören. Das reizte und verärgerte mich. Ich ballte die Fäuste in meinen Taschen und rief ihm herausfordernd zu: »Ich bin die Tochter von Dorothy Ferber.«

»Ach so«, sagte er nur.

»Du hast sicher Filme gesehen«, fuhr ich schnippisch fort. »Die laufen doch in jedem Kino!«

Gelassen schüttelte der Junge den Kopf.

»Ich gehe nicht oft ins Kino« sagte er, es klang fast entschuldigend. »Ich habe keine Zeit dazu und außerdem . . .«

Er machte eine unbestimmte Handbewegung und ließ den Satz in der Schwebe.

»Aber du hast doch bestimmt von meiner Mutter gehört?«, beharrte ich irritiert.

Er lächelte nachsichtig. »Ich glaube, sie ist eine berühmte Schauspielerin.«

Er sprach höflich, aber ohne Anteilnahme. Das Thema schien ihn kalt zu lassen. Ich traute meinen Ohren nicht. Aus der Art, wie er reagiert hatte, gewann ich den Eindruck, er würde nicht einmal mit der Wimper zucken, wenn er erführe, dass ich die Tochter des Präsidenten der Vereinigten Staaten sei. Ich war total aus den Fugen. Endlich mal ein Mensch, der nicht nach Luft schnappte, wenn er den Namen meiner Mutter hörte, und nicht automatisch sein Autogrammheft zückte. So ein seltsamer Vogel war mir noch nie begegnet und ich wusste nicht recht, sollte ich lachen oder gekränkt sein.

Während ich nachdenklich schwieg, führte mich der Junge durch gewundene Gassen zum Hafen hinunter. Feucht-heiße Meeresluft schlug uns entgegen. Durch die breite Straße, die das Hotel von der Altstadt trennte, brauste ein mörderischer Verkehr. Es stank nach Abgasen, Teer und gebratenem Fisch.

»Bist du noch nie in den Vereinigten Staaten gewesen?«, schrie ich meinem Begleiter zu. Und als er den Kopf schüttelte. »Wo hast du denn so gut Englisch gelernt?«

»In der Schule.«

Er half mir die Straße zu überqueren. Und das war auch nötig, denn ich zog das linke Bein nach und riskierte ein zweites Mal auf einer Kühlerhaube zu landen. Endlich erreichten wir die Marmortreppe, die zum Hoteleingang führte. Ein Portier in roter Livree, aufgeplustert wie ein Truthahn, stolzierte vor den Glastüren hin und her.

Der Junge blieb stehen, ich ebenfalls. Er neigte den

Kopf und lächelte mich an. Sein Lächeln war offen und arglos. Wieder bemerkte ich den heiteren Glanz in seinen goldbraunen Augen. Verwirrung erfasste mich. Ich war sonst nie scheu bei Jungen. Wenn mir einer gefällt, zeige ich es ihm auch. Aber dieser hier brachte mich aus der Fassung. Er passte nicht in mein Weltbild und ich vermutlich nicht in seines.

»Achtung!«, raunte plötzlich der junge Mexikaner und zog mich sanft am Arm weg. Ein protziger erdbeerfarbener Cadillac hielt geräuschlos vor meinen Zehen. Der Chauffeur stieg aus, um die Tür zu öffnen. Eine hochnäsige Blonde, in lila Wildleder gekleidet, setzte behutsam ihre Pumps gleicher Farbe auf den sauber gefegten Asphalt. Ihr Gesicht war vor Hitze gerötet, winzige Schweißperlen glitzerten auf der Oberlippe. Unterm Arm trug sie einen weißen Zwergpudel. Der Chauffeur zog eine beachtliche Reihe von Koffern und Taschen aus dem Wagen. Sofort stürzten zwei Hoteldiener herbei, ergriffen das Gepäck und stiegen, unter ihrer Last leicht torkelnd, hinter der blonden Schönheit die Stufen hinauf.

Der Junge hatte meinen Arm losgelassen. Er lächelte noch immer, aber ein Funke Spott tanzte in seinen Augen. Ich spürte, wie ich errötete, und wandte befangen den Blick ab.

»Adiós, Señorita«, sagte er unvermittelt und trat einen Schritt zurück.

»Adiós!«, stammelte ich blöde. Meine Gedanken überstürzten sich. Lass ihn nicht abhauen! Halt ihn doch zurück, du dumme Kuh! Aber ich stand da wie vor den Kopf geschlagen und brachte kein Wort über die Lippen, während der Junge die Hand zum Abschied hob und rasch die Straße überquerte. Schon war er in der Menge verschwunden, als mir einfiel, dass ich nicht einmal seinen Namen wusste. Ich hätte mich ohrfeigen können, dass ich ihn nicht danach gefragt hatte, auch wenn es jetzt völlig unwichtig war.

Mürrisch wartete ich vor dem Lift. Die Blondine in lila Wildleder wartete ebenfalls. Sie roch nach *Opium* und ich schwor mir, nie dieses Parfüm zu verwenden. Der Pudel zappelte und knurrte mich an. Ich zog die Lippen hoch und zeigte ihm meine Schneidezähne, die – so mein Zahnarzt – für ein Mädchen unanständig spitz waren. Der Pudel kläffte und die Blondine warf mir einen verwunderten Blick zu. Die salbungsvolle Stimmungsmusik im Lift reizte mich noch mehr. Ich kehrte der Blondine den Rücken zu. Zum Glück stieg sie im dritten Stock aus und ich fuhr weiter nach oben. Humpelnd schleppte ich mich durch den Garten.

Die Sonne brannte, aber im Bungalow war es angenehm kühl. Mama kam gerade aus ihrem Zimmer. Sie trug eine orangefarbene, tief ausgeschnittene Bluse und Jeans von Calvin Klein. Ihr frisch gewaschenes Haar fiel weich und voll auf ihre Schultern.

»Sina!«, rief sie entsetzt. »Wie siehst du aus? Du verlässt das Hotel zu unmöglicher Stunde und kehrst in solchem Zustand zurück. Du bist doch nicht überfallen worden?«

»Nein, nur unter die Räder gekommen, und zwar wörtlich«, gab ich bissig zur Antwort. »Ein Auto hat mich angefahren.«

»Aber Kind!«

»Hör auf zu kreischen. Es war meine Schuld. Ich habe nicht aufgepasst.«

»Um Himmels willen!«, stöhnte Mama. »Dein Bein!

Wir müssen sofort den Arzt kommen lassen. Du brauchst eine Tetanusspritze.«

»Unsinn!«, fauchte ich. »Ich war schon in einer Apotheke. Und wenn ich einen Starrkrampf kriege, werde ich es ja merken.«

Nach und nach verwandelte sich Mamas Aufregung in Erleichterung und die Erleichterung in Zorn. Ihre Stimme stieg einen Ton höher.

»Wasch dich und zieh dir was Sauberes an! Wir sind zum Mittagessen beim Präsidenten der südamerikanischen Filmgesellschaft eingeladen.«

»Warum nicht bei Fidel Castro?«, knurrte ich.

Ich ging ins Badezimmer und knallte die Tür hinter mir zu. Ich klebte vor Schweiß und spürte buchstäblich jeden Knochen. Niedergeschlagen setzte ich mich auf den Klodeckel und kaute an meinen Nägeln. Weinerliches Selbstmitleid überfiel mich. Ich hatte Lust, alles kaputtzuschmeißen.

Die Tür ging auf und Mable kam herein. Ich starrte sie böse an. »Man klopft, wenn jemand im Badezimmer ist!«

»Weißt du, wie lange du da schon sitzt?«

»Hau ab! Lass mich in Ruhe!«

Mable reckte das Kinn und sah aus wie ein Standbild aus Ebenholz. »Sichgehenlassen ist ein Zeichen von Schwäche. Putz dir die Nase und wasch dich! Du hast fünf Minuten Zeit, um dich zurechtzumachen.«

Sie ging hinaus und schloss die Tür hinter sich. Ich holte tief Luft, stand auf und hielt den Kopf unter den Wasserhahn. Mir machte es nichts aus, wenn man mich als frech und launisch bezeichnete, aber als Schwächling wollte ich um keinen Preis gelten.

7

Der Präsident der südamerikanischen Filmgesellschaft hörte auf den klangvollen Namen Lazaro Navidades y Sanchez. Er trug einen prachtvollen Schnurrbart und einen maßgeschneiderten Anzug, der ihm unter den Armen etwas zu eng war. Die Augen und die R-Laute rollend, bedachte er Mama mit einem schmatzenden Handkuss und redete so viel, dass mein mürrisches Schweigen bei Tisch kaum auffiel. Von ihm erfuhr ich übrigens, dass die Devise für Fußgänger hier »spring oder stirb« heißt. Ich konnte also von Glück sagen, dass ich überhaupt noch am Leben war.

Nach dem Essen ließ ich Mama und Mable eine echt mexikanische Siesta halten und legte mich selbst unten am Strand in den Schatten einer Palme. Gerade wollte ich mich in einen Comic vertiefen, als ein braun gelockter Junge namens Ralph sich neben mich setzte. Ich hatte ihn flüchtig kennen gelernt, da unsere Tische im Speisesaal nebeneinander standen.

Ralph kam aus San Francisco und war mit seinen Eltern in den Ferien hier. Er hatte auffallend lange Wimpern, ein Grübchenlächeln und glaubte sich unwiderstehlich. Er wollte mich unbedingt zu einem Strandfest einladen.

»Eine ganze Menge Beachboys machen mit. Es gibt ein Barbecue und wir kriegen eine Band, die nur für uns spielt.«

Ich zeigte ihm gähnend meine Mandeln. »Ich bin müde.«

»Das macht die Hitze. Schlaf doch ein bisschen, dann bist du heute Abend in Form!«

»Gerne, wenn du mich in Ruhe lässt!«

Ralph lachte wie über einen mäßigen Witz. Er beugte sich zu mir herunter und flüsterte: »Übrigens ... einige bringen guten Stoff mit. Allerbeste Ware! Die Joints, die man sonst in Mexiko findet, sind miserabel.«

Ich warf ihm einen düsteren Blick zu. Joints interessierten mich nicht. »Verschone mich gefälligst mit dem Zeug!«

Ralph hob erstaunt die Brauen. »Hast du's noch nie probiert?«

»Mir schwatzt man nichts auf, nur weil es zufällig im Trend ist. Außerdem lasse ich mich nicht gern manipulieren.«

»Wer manipuliert dich denn?«

»Die Kerle, die uns ihren Mist verkaufen und das große Geld damit machen.«

»Unser dekadentes Kapitalistensystem beruht nun mal auf Austausch«, dozierte Ralph. »Du hast den Spaß, der andere den Kies und so ist jeder zufrieden.«

Ich verzog das Gesicht. »Unter Spaß verstehe ich etwas anderes!«

Ralphs Wimpern flatterten. »Das, vielleicht?«

Er zog mich blitzschnell an sich und küsste mich. Ich war nicht darauf vorbereitet. Wütend stieß ich ihn von mir. »Lass das lieber!«

Er versuchte meine Schultern zu umfassen. »Warum? Gefällt es dir nicht?«

»Es kommt darauf an, wann, wo und mit wem!«, gab ich schnippisch zurück. Ich hasste es, wenn ein Junge glaubte, er sei der Schönste und Beste. Und schmusen wollte ich nur, wenn es mir passte.

Ralph zeigte sein Grübchenlächeln. »Vielleicht bist du

heute Abend mehr in Stimmung? Komm doch mit! Es würde mich echt freuen!«

Ich schaute ihm in die Augen. »Weil ich Dorothy Ferbers Tochter bin?«

Ralph machte ein dummes Gesicht. Dann lachte er gönnerhaft. »Was du dir alles einbildest! Klar, eine Mutter wie deine bedeutet eine Empfehlung! Wenn ich dich mit meinen Freunden bekannt mache, werden die grün vor Neid!« Er blickte sehnsuchtsvoll auf meinen Mund und streichelte meinen Rücken.

»Also ... wann kann ich dich abholen? Um neun, geht das?«

Ich wich zurück wie eine fauchende Katze und knallte ihm vor Wut meinen Comic an den Schädel. »Meinetwegen werden deine Freunde nicht grün werden vor Neid! Du aber wirst gelb werden vor Enttäuschung, denn mit einem Schafskopf wie dir lasse ich mich bestimmt nicht blicken!« Nach diesem Ausbruch, während Ralph fassungslos dasaß, stapfte ich wutentbrannt durch den Sand und warf mich ins Wasser. Das Meer war erstaunlich warm; ich hatte das Gefühl, in einer riesigen blauen Badewanne zu schwimmen. Trotz aufgeschürften Knies kraulte ich weit hinaus und schwamm mir meine ganze Wut von der Seele. Als ich eine halbe Stunde später wieder an Land watete, war Ralph verschwunden. Das war sein Glück, denn sonst hätte ich ihn noch verprügelt: Papa hatte mir nicht umsonst das Boxen beigebracht!

Bei Sonnenuntergang saßen wir wieder auf der Terrasse des Hotels. Gary und Eunice Stevens hatten uns zum Aperitif eingeladen. Eunice nannte mich hartnäckig »mein reizendes Kind«, ohne Zweifel, weil ich so widerborstig war, während Gary mir manchmal verstohlen zuzwinkerte. Mable diskutierte eifrig über Mamas Vertrag. Ich war so müde, dass ich mich nur noch ins Bett sehnte. Gelangweilt schlürfte ich meine Cola und spürte, wie meine Wunde vom Salzwasser brannte. Vielleicht hatte ich mir ja eine Blutvergiftung geholt und würde morgen tot sein.

Auf dem Podium spielte die Band. Die Musiker trugen silbern glitzernde Anzüge, rüschenbesetzte Hemden und große mexikanische Hüte. Sie wackelten mit den Hüften und hoben schmachtend die Augen zum Himmel, während die elektrischen Gitarren wimmerten, die »Maracas« klapperten und das Schlagzeug dröhnte.

Nach einer Weile stand ich auf und lehnte mich über die Brüstung. Fünfzig Meter unter uns lag die Bucht, wo jeden Abend die Springer erschienen. Gleich musste es so weit sein. Die Sonne färbte Meer und Himmel purpurrot. Die ersten Fledermäuse huschten um die Bäume.

Die Steinmauer unter meinen nackten Armen fühlte sich angenehm warm an. Ein leiser Wind spielte in meinem Haar. Das Geräusch der Stimmen, das Klirren der Gläser rückte durch das Rauschen der Wellen in den Hintergrund. Die Band spielte »Begin the Beguine«, einen alten, gefühlvollen Song. Die Erinnerung an den Jungen, der mir heute Morgen begegnet war, stieg flüchtig in mir hoch. Ich versuchte mir vergeblich sein Gesicht vorzustellen. Ich seufzte, sagte mir »Schwamm darüber!« und scheuchte die Erinnerung weg.

Der Himmel verdunkelte sich. Violetter Dunst hüllte die Berge ein. Plötzlich verstummte das Orchester. Jetzt kamen die Springer! Ich sah das Licht der Scheinwerfer wie leuchtende Schlangen über die Felsmauer gleiten und beugte mich weiter vor. Wie in einer gut inszenierten Theateraufführung tauchten die drei Jungen am Fuß der Klippen auf, um unter den Augen der Zuschauer die Felswand emporzuklettern. Ihre raschen, geschmeidigen Bewegungen waren von katzenhafter Anmut.

Ein älterer Mann mit einem prachtvollen Sonnenbrand am Rücken lehnte neben mir an der Brüstung und betrachtete die Springer durch ein Fernglas.

»Verdammt mutig, die Burschen!«, hörte ich ihn murmeln. »Ich an ihrer Stelle würde so was nicht für zehntausend Dollar wagen!«

»Wahrscheinlich sind sie arbeitslos«, sagte ich.

Der Mann senkte sein Fernglas und reichte es mir. »Möchten Sie mal hindurchschauen?«

»Danke!«, sagte ich erfreut. Ich erkundete mit den Augen die Umrisse der Klippe und stellte das Fernglas ein. Die Springer hatten ihren Aufstieg beendet und zündeten die Kerzen vor dem kleinen Altar an. Zwei von ihnen knieten nieder und bekreuzigten sich. Ihre Züge waren ernst und angespannt. Der dritte Springer kehrte mir den Rücken zu. Seiner Gestalt nach schien er der jüngste zu sein. Behutsam stellte er die Kerze vor dem Standbild auf, faltete die Hände und verharrte einige Atemzüge lang in dieser Stellung. Als er dann zurücktrat, fiel das Licht des Scheinwerfers voll auf sein Gesicht. Ich ließ vor Bestürzung fast das Fernglas fallen. Es war der Junge von heute Morgen!

Ich stand da wie vor den Kopf gestoßen. Es gab keinen Zweifel. Selbst im Halbschatten, unter dem flackernden Spiel der Scheinwerfer, war die Ähnlichkeit einfach überzeugend.

Ich konnte es nicht fassen. Der Junge musste wahnsinnig sein! Er war doch noch ein Schüler, kaum älter als ich. Weshalb tat er so etwas? Ich versuchte ruhig zu bleiben, aber mein Herz klopfte zum Zerspringen. Jetzt traten die Springer einer nach dem anderen an den Rand des Abgrundes. Die beiden älteren waren zuerst an der Reihe. Ein paar endlose Sekunden lang begleitete das Scheinwerferlicht ihren Sprung in die Finsternis. Der Junge stand als Letzter, ganz allein, an der äußersten Spitze der Klippe. Mit erhobenem Kinn, die Arme emporgestreckt, verweilte er einen Augenblick regungslos am Rande des Felsens, dann glitt er fast senkrecht in die schwarze Tiefe. Meine Hände, die das Fernglas umklammerten, zitterten, während ich den Sprung verfolgte. Einige Meter von der Meeresoberfläche entfernt, schloss er die Arme, die er bis dahin ausgebreitet gehalten hatte, parallel zum Kopf. Dann versank er in den schaukelnden Wellen wie ein heller Pfeil, der sich in einen dunkel blinkenden Schild bohrt.

Einige Sekunden vergingen. Ich starrte auf das brodelnde Wasser. Endlich erschien der Kopf des Jungen, während er ans Ufer schwamm. Einer seiner Gefährten streckte die Hand aus, um ihm aus dem Wasser zu helfen. Oben auf der Terrasse klatschten die Zuschauer Beifall. Urplötzlich erloschen die Scheinwerfer. Die Bucht versank in tiefe Finsternis und die Band schmetterte eine Samba.

Wie gelähmt stand ich da. Langsam ließ ich das Fernglas sinken und reichte es dem Mann zurück.

»Bemerkenswert, nicht wahr?«, meinte dieser.

Ich nickte mit zugeschnürter Kehle, völlig unfähig einen klaren Gedanken zu fassen. Dann – einem plötzlichen Impuls folgend – wirbelte ich herum und rannte zwischen den Tischen hindurch. Aus den Augenwinkeln gewahrte ich Mamas erstauntes Gesicht und hörte, wie sie nach mir rief. In letzter Sekunde wich ich einem Kellner aus, der ein überfülltes Gläsertablett balancierte, durchquerte den Garten. In der Halle drückte ich ungeduldig auf den Liftknopf. Dann lauschte ich dem surrenden Geräusch, mit dem er nach oben glitt. Die Türen öffneten sich lautlos. Ich stürmte hinein und schöpfte erst wieder Luft, als die Liftkabine das Erdgeschoss erreicht hatte.

Die große Halle war strahlend hell erleuchtet. Im Salon fand ein Empfang statt. Damen in Cocktailkleidern und Herren im hellen Anzug wandelten durch die blumengeschmückten Räume. Unbeschwertes Geplauder ertönte vor dem Hintergrund sanfter Musik. Im Gedränge trat ich einer Dame auf den krokodilledernen Pumps. An der Nase des Portiers vorbei eilte ich durch die Tür, rannte die Treppe hinunter und verlor eine Sandale, die vor mir her über die Stufen kollerte. Ich hinkte hinterher, erwischte die Sandale und hopste auf einem Bein weiter, um sie wieder überzustreifen.

Der Wind wehte vom Meer her. Feuchte, salzige Luft schlug mir entgegen. Die Palmen sirrten und knisterten. Im Schatten schimmerten Jasminblüten wie Sterne. Zum Glück kannte ich den Weg zum Strand. Ein schmaler Pfad schlängelte sich zwischen Agaven und Bougainvilleas dahin. Nachdem ich die Abzweigung zu den Klippen erreicht hatte, führte der Weg steil abwärts. Das Rauschen der Brecher wurde lauter. Der schwarze Ozean hob und senkte sich, hinterließ Sturzbäche abfließenden Wassers. Der Schaum glitzerte wie schimmerndes Haar und zersprühte an den Felsen mit leuchtender

Gischt. Wenn ich den Kopf hob, sah ich zwischen den Felsen die Hotelfassade wie einen gigantischen Kristallwürfel funkeln.

Hier unten war es stockfinster. Grasbüschel streiften meine Beine, Steine lösten sich unter meinen Füßen. Plötzlich hörte ich Stimmen. Schritte knirschten auf dem Kies. Atemlos blieb ich stehen, strich mir das Haar aus der schweißnassen Stirn. Die drei Springer erschienen an der Wegbiegung, dunkle Gestalten im Schatten der Bäume. Mir war klar, dass auch sie mich sehen konnten. Mein weißes T-Shirt leuchtete in der Dunkelheit.

Überrascht hielten die Springer an und versuchten zu erkennen, wer ihnen da über den Weg lief. Über die Schulter gehängt, trugen sie den mexikanischen Umhang, Sarape genannt. Das handgewebte Tuch hat in der Mitte ein Loch, um den Kopf durchzustecken, und dient gleichzeitig als Mantel und Decke. Das nasse Haar der Springer schimmerte bläulich schwarz. Augen und Zähne leuchteten hell aus dem Dunkel. Reglos und mit hängenden Armen stand ich da – unschlüssig, was ich sagen oder tun sollte; plötzlich schien ich nicht einmal mehr zu wissen, weshalb ich eigentlich hergekommen war.

Auf einmal räusperte sich einer der Jungen und trat einen Schritt vor. »Señorita?«, fragte er zögernd.

Ich erkannte seine Stimme sofort. Eine Hitzewelle stieg mir ins Gesicht.

»Guten Abend!«, sagte ich einfältig.

Der Junge wandte den Kopf und flüsterte seinen Gefährten etwas zu. Diese nickten kurz und gingen dann mit hastigem Gruß an mir vorbei. Als wir allein waren – der Junge und ich –, starrten wir uns an. Er, dessen Namen ich immer noch nicht wusste, trug einen gestreiften

Sarape mit langen Fransen. Er hielt sich so auffallend gerade, dass er sich leicht nach rückwärts neigte. Das feuchte Haar klebte ihm an der Stirn. Als er näher trat, fiel ein Lichtschein auf sein Gesicht. Ich bemerkte, dass er verwirrt war.

Plötzlich lächelte er, seine weißen Zähne blitzten. »Du hast mich wieder erkannt?«

»Jemand hat mir ein Fernglas geliehen!«

Er nickte zustimmend. Wieder erkannte ich nur den Schimmer seiner Augen. Und ich fühlte mich betäubt und kraftlos wie jemand, der einen Faustschlag in den Magen bekommen hat.

»Warum tust du das eigentlich?«, platzte ich heraus. »Es ist doch wahnwitzig!«

Sein Lächeln erlosch. Ich hörte ihn im Dunkeln seufzen. »Das ist eine lange Geschichte«, erwiderte er steif. Und plötzlich – wie aus einem inneren Zwang heraus – fragte er: »Hast du etwas Zeit? Ich werde mich rasch umziehen. Dann können wir etwas trinken gehen und reden.«

Ich atmete tief auf. Meine Müdigkeit war verflogen. »Einverstanden! Wie heißt du übrigens?«

Sein Ausdruck heiterte sich wieder auf. »Miguel Romero. Und du?«

»Sabrina. Aber alle nennen mich Sina.«

Miguel schüttelte den Kopf. »Mir gefällt Sabrina besser. Darf ich dich so nennen?«

Jetzt lachte auch ich. »Wenn du willst, warum nicht!«

Wir kehrten zum Hotel zurück. Ab und zu trat Miguel voraus, um die Zweige aus dem Weg zu schieben. »Por favor«, sagte er höflich, sonst sprachen wir kaum etwas.

Vor dem Hoteleingang vereinbarten wir uns in fünf

Minuten wieder zu treffen. Ich rannte zur Telefonistin am Empfang und rief Mama auf ihrem Handy an. In der Kabine stank es nach Zigarrenqualm. Es dauerte eine ganze Weile, bis sich Mama endlich meldete.

»Was soll denn das schon wieder heißen?«, fragte sie in unzufriedenem Ton. »Du saust fort wie eine Rakete, ohne dich zu verabschieden. Eunice und Gary haben einen fabelhaften Eindruck von dir bekommen!«

Ich erklärte ihr, dass ich mit einem Jungen etwas trinken ginge.

»Mit wem denn? Mit Ralph?«

»Dieses Brechmittel? Nein danke! Ich habe mir was Besseres aufgegabelt. Es ist einer von den Jungen, die uns vorhin den Todessprung vorgeführt haben.«

»Gratuliere!«, sagte Mama ironisch. »Und wann trittst du mit ihm in der Show auf?«

Ich ärgerte mich, weil mir keine passende Antwort einfiel, und Mama setzte hinzu: »Nimm dich vor den Eingeborenen in Acht!«

»Aber Mama!«, gab ich zurück.

»Du bist erst vierzehn. Deinem Vater wäre das bestimmt nicht recht.«

»Jetzt hör doch auf damit. Ich bin kein Baby mehr!«

Was war nur in sie gefahren? Sie hatte doch sonst nichts dagegen, wenn ich abends ausging. Zwar jammerte sie, wenn ich nach Mitternacht heimkam, aber was ich zwischen sechs und acht trieb, darum kümmerte sie sich normalerweise nicht.

»Also nicht später als elf!« Ich hörte Mama seufzen, bevor sie einhängte.

Miguel erwartete mich bereits unten an der Treppe. Er trug Jeans und ein blaues Hemd. Der Sarape hing ihm, nach mexikanischer Sitte, gefaltet über der Schulter. Zum Kämmen hatte er sich keine Zeit genommen, doch das lange zerzauste Haar stand ihm sehr gut.

»Gehen wir in den *Delfin*«, sagte er.

8

Der *Delfin* befand sich auf der anderen Straßenseite. Die Innenwände waren mit imitiertem Bambus verkleidet. Eine mächtige Musikbox schillerte in allen Regenbogenfarben. Es waren nicht viele Leute da und wir fanden sofort einen unbesetzten Tisch. Ein wendiger, schwitzender Kellner wedelte mit seiner Serviette über das Wachstuch. Miguel bestellte für mich Icecream-Soda, für sich selbst einen Capuccino. Ich beobachtete ihn, wie er wortlos Zucker in den Kaffee schüttete und langsam umrührte. Miguel war ganz anders als die andern Jungen, die sich immer verpflichtet fühlten irgendeinen Kommentar abzugeben, um zu beweisen, wie geistreich sie waren. Schließlich fragte ich ihn verlegen lachend: »Was denkst du eigentlich von mir?«

Er hob die Augen und sah mich an.

»Von dir?« Er schien zu zögern, fügte aber dann mit verhaltenem Lächeln hinzu: »Ich habe sofort gefühlt, dass du anders bist.«

»Anders als wer?«, fragte ich.

»Anders als die anderen, die dort wohnen.« Er deutete auf den erleuchteten Hotelkasten, der durchs Fenster zu sehen war. Ich seufzte nachdenklich.

»Du hast schon Recht. Manchmal weiß ich nicht, wo

ich eigentlich hingehöre ...« Ich rieb mir nervös die Augen. »Heute Morgen, als ich das Hotel verließ, hatte ich keine Ahnung, wohin ich gehen wollte. Mir war alles egal. Und als ich dann die Flöte hörte, fühlte ich mich wie auf einem Trip. Ganz komisch war das ...« Ich lachte verlegen und Miguel nickte.

»Du bist über die Straße gegangen, ohne nach rechts oder links zu blicken. Ich sah das Auto kommen und dachte: Jetzt wird sie überfahren!«

». . . und schon lag ich da! Aber mir ist ja nichts passiert.«

»Tut dir das Knie noch weh?«, fragte Miguel.

Ich schüttelte den Kopf.

Wieder Schweigen. Miguel trank ruhig seinen Kaffee.

»Es ist dumm!«, sagte ich, plötzlich kichernd. »Ich glaubte, ich würde dich nie wieder sehen!«

»Ich hatte dich vergessen«, sagte er schlicht.

Ich starrte ihn an und spürte so etwas wie einen Stich im Herzen. »Ehrlich?«

Miguel betrachtete mich in seiner ernsten Art. »Nun bist du mir böse, nicht wahr?«

Ich dachte über seine Worte nach. War ich es? Schließlich zog ich die Schultern hoch. »Ich weiß nicht. Es ist das erste Mal, dass mir jemand so was sagt.«

Er nickte abermals. Ich spürte ihn sehr nahe, erfüllt von einer dunklen und ruhigen Sympathie. Aus der Jukebox dröhnte ein Evergreen von Elvis Presley.

»Weshalb tust du das?«, fragte ich schließlich. »In der Dunkelheit vom Felsen zu springen ist doch schrecklich gefährlich! Ein falscher Tritt und es ist aus.«

»Klar, das weiß ich«, antwortete Miguel. »Aber wenn ich da oben stehe, versuche ich meine Gedanken abzuschalten.« Er räusperte sich. »Mein Vater starb an einem Herzfehler, als ich noch klein war. Nächstes Jahr mache ich das Abitur. Ich hoffe ein Stipendium zu bekommen, um an der Universität von Mexiko-Stadt Volkswirtschaft zu studieren. Aber bis dahin muss ich selber sehen, wie ich fertig werde.«

Mir ging ein Licht auf. Studenten nehmen oft einen Job an, um sich ihr Taschengeld zu verdienen. Sie tragen Zeitungen aus, führen Hunde spazieren oder hüten kleine Kinder. Aber ich fand es maßlos übertrieben, dass Miguel jeden Abend sein Leben aufs Spiel setzte! Was wollte er damit beweisen? Dass er besser springen konnte als andere?

»Du bist ganz schön ehrgeizig«, sagte ich. »Du solltest lieber als Kellner arbeiten. Findest du das nicht besser, als abzustürzen?«

Er blinzelte mir zu.

»Ich war schon Eisverkäufer, Geschirrspüler, Fensterputzer, Handlanger und Arbeiter in einer Tabakplantage. Aber das sind lauter Ferienjobs. Sobald das Semester anfängt, ist es damit aus. Ich habe den ganzen Tag Unterricht und abends lerne ich. Wenn ich das Abitur verpatze, kann ich nicht zur Universität. Die Auslese ist heute sehr streng. Nur die Besten kriegen ein Stipendium.«

Er zögerte. »Von der Klippe zu springen nimmt wenig Zeit in Anspruch. Wir werden von der Hoteldirektion angestellt und gut bezahlt.«

Ich schüttelte den Kopf. Ich konnte es immer noch nicht fassen. »Eines Tages wird es ein böses Ende nehmen. Was nützt dir dann das Geld?«

Miguels Züge spannten sich an. Er blickte ins Leere

und sagte dann dumpf. »Ich muss meiner Mutter helfen. Sie ist blind!«

»Blind!«, rief ich betroffen.

»Seit bald fünf Jahren«, sagte Miguel und neigte den Kopf. Seine Stimme klang leise und verhalten. »Nach dem Tode meines Vaters war meine Mutter Lehrerin in einer Dorfschule. Sie fuhr täglich mit dem Bus dort hin. Eines Tages versagten die Bremsen und der Bus stürzte in eine Schlucht. Der Tank fing Feuer und explodierte. Viele Mitfahrer wurden verstümmelt oder auf der Stelle getötet. Meine Mutter gehörte zu den wenigen Überlebenden. Sie erlitt einen Schädelbruch, Glassplitter hatten ihr Gesicht grässlich zugerichtet. Zum Glück erholte sie sich wieder, aber die Splitter hatten auch ihre Augen getroffen. Zuerst verlor sie ihr rechtes Auge, dann ließ auch die Sehkraft des linken nach.«

Ich starrte ihn an, ehrlich erschüttert. Was hätte ich sagen können?

Miguel fuhr mit gepresster Stimme fort: »Die Ärzte meinten, dass eine Operation den Sehnerv vielleicht retten könnte. Keiner jedoch wollte den Eingriff wagen.«

»Es gibt doch Spezialisten!«, rief ich. »Habt ihr denn nie einen Arzt in Mexiko-Stadt oder in New York aufgesucht?«

»Wir sind arm«, sagte Miguel ruhig. »Meine Mutter bezieht lediglich eine kleine Rente und solche Operationen kosten ein Vermögen. Sicher, wir könnten unser Haus verkaufen; aber meine Mutter will nicht, denn es stammt noch von ihren Großeltern. Ist das Haus weg, stehen wir völlig mittellos da. Ohne das Geld, das ich jeden Abend verdiene, könnten wir es kaum schaffen.«

Ich brachte keinen Ton hervor. Endlich begriff ich. Miguel sprang nicht von dieser Klippe, um sich einen Fotoapparat oder eine Stereoanlage zu leisten, sondern ganz einfach, um seinen und seiner Mutter Lebensunterhalt zu verdienen. Dennoch war seine Stimme frei von Auflehnung oder Bitterkeit. Er stellte einfach eine Tatsache fest. So viel Würde raubte mir den Atem. Noch nie war ich jemandem begegnet, der freimütig gestand, kein Geld zu haben. In meiner Umgebung verbirgt man so etwas wie eine Schande. Man steckt möglicherweise in Schulden, aber man wahrt den Schein.

»Es ... es tut mir Leid!«, stieß ich hervor. »Ich war nicht auf so etwas gefasst ...«

»Du konntest es ja nicht wissen.« Er lächelte mich zuversichtlich an. »Wenn ich meinen Beruf habe, werde ich dafür sorgen, dass meine Mutter vom besten Spezialisten operiert wird!«

»Wann bist du denn mit dem Studium fertig?«

Er stieß einen Seufzer aus. »Das dauert noch sechs oder sieben Jahre. Eine ganze Ewigkeit! Aber mir bleibt keine andere Wahl.«

»Wie bist du denn zu den Springern gekommen?«, fragte ich.

»Ich habe immer an der Küste gelebt. Meine ganze Freizeit verbrachte ich mit Schwimmen. Schon als kleiner Junge war ich sehr waghalsig. Eine Schwimmlehrerin, die 1968 an den Olympischen Spielen von Mexiko-Stadt teilgenommen hatte, brachte mir das Kunstspringen bei. Vor einem Jahr hörte ich dann zufällig, dass man einen Ersatzspringer suchte. Ich bewarb mich und war eigentlich überrascht, dass ich den Job bekam. Meine Kollegen, die du gesehen hast, sind beide ehemalige Berufssportler. Von ihnen habe ich eine Menge dazugelernt.«

»Hast du eigentlich nie Angst?«

Ein Schatten glitt über sein Gesicht. »Du kannst dir nicht vorstellen, was man empfindet, wenn man den schwarzen Abgrund vor sich sieht und das Meer unten rauschen hört. Es ist, als zöge uns eine unbekannte Macht in die Tiefe . . .« Er stockte und fuhr mit der Hand über die Stirn. »Meine Mutter weiß nichts davon, sie würde es mir verbieten und ich müsste gehorchen, weil sie meine Mutter ist. Aber wir brauchen das Geld so nötig!«

»Ja«, sagte ich müde. »Ja, ich verstehe . . .«

All das Getue, all der Kleinkram, der mein Leben ausfüllte, kam mir augenblicklich ganz bedeutungslos vor. Ich hatte alles, was ich wollte, im Überfluss. Geldsorgen kannte ich nur vom Hörensagen. Ich versuchte mich in Miguels Lage zu versetzen, aber es überstieg meine Vorstellungskraft.

Verkrampft lächelte ich ihm zu. »Du bist sehr mutig!«

Er lachte und winkte ab. »Que va! Das Springen ist reine Übungssache.«

»Ich rede nicht nur von dem«, sagte ich leise.

Sein Lachen brach ab. Er starrte gedankenverloren vor sich hin.

»Niemand kann seinem Schicksal entgehen. Jeder muss mit seinem Los fertig werden. Wir sind alle auf die eine oder andere Art mutig.«

»Du, das stimmt nicht!«, sagte ich. »Ich kenne eine Menge Feiglinge und Egoisten, Leute, die über Leichen gehen, wenn es um ihren eigenen Vorteil geht!«

»Gut und Böse gehören zusammen wie Tag und

Nacht«, sagte Miguel. »Aber niemand ist nur gut oder nur böse. Das Innere des Menschen ist wechselhaft wie die Schattierungen des Lichtes.«

Ich starrte ihn an. Mir fiel nichts Gescheites dazu ein. Die Jungen, die ich kannte, redeten nicht so.

Miguel sah plötzlich auf die Uhr. »Ich muss gehen. Meine Mutter wartet schon. Sie ist daran gewöhnt, dass ich pünktlich nach Hause komme.«

Er rief den Kellner und bezahlte die Getränke. Ich bedauerte, dass ich ein teures Ice-Cream-Soda bestellt hatte, wo doch eine Cola billiger gewesen wäre und ihren Zweck ebenso gut erfüllt hätte. Hatte ich mir je über den Wert des Geldes Gedanken gemacht?

Gerade wollte ich Miguel vorschlagen selbst zu bezahlen, als mir in den Sinn kam, dass ich mal wieder kein Geld in der Tasche hatte. Ich hätte mich gern bei Miguel entschuldigt, aber dann kam ich mir einfältig vor und hielt den Mund.

Miguel brachte mich zum Hotel zurück. Wir blieben am Fuß der Treppe stehen. Auto an Auto raste vorbei. Der Gestank von Abgasen hing in der Nachtluft. Die gelben Lichtbündel der Scheinwerfer glitten in rascher Folge über Miguels Gesicht, sodass es abwechselnd in Licht und Schatten getaucht war. Ein anderer Junge hätte jetzt schmusen wollen. Miguel nicht. Er berührte nur flüchtig meine Schulter.

»Schlaf gut!«, sagte er zärtlich.

»Wann kann ich dich wieder sehen?«, fragte ich hastig.

Er betrachtete mich und schien zu überlegen. Ich hörte, wie mein Herz gegen die Rippen schlug.

»Morgen um eins«, sagte er schließlich. »Passt dir das? Ich habe eine Stunde schulfrei.«

Ich nickte, strahlend und mit rotem Kopf. »Ich warte auf dich am Strand!«

In unserem Bungalow fand ich nur Mable vor. Sie trug ein weites Männerhemd, lag auf dem Sofa und las, ihre endlosen braunen Beine auf einem Stapel Kissen hoch gelagert.

»Wo ist Mama?«, fragte ich.

»Mit den Stevens im Kasino.«

»Und warum bist du nicht mitgegangen?«

Mable lachte geringschätzig. »Ich soll mich im Kasino langweilen und dort mein sauer verdientes Geld loswerden? Ich bin doch nicht schwachsinnig!«

Ich setzte mich im Schneidersitz zu ihr aufs Sofa. »Was liest du denn?«

Ihre Augen blitzten ironisch und sie hielt mir die Umschlagseite des Buches hin.

»Geist und Materie«, las ich laut. »Was ist denn das?«

Mable schmunzelte. »Ach, nur ein bisschen Hirngymnastik. Die brauche ich, um das Affenleben hier zu ertragen.«

Sie betrachtete mich aufmerksam im Lampenlicht. »Was ist denn mit dir los? Du wirkst ja ganz aufgelöst!«

Ich fühlte, wie ich errötete.

»Ich . . . ich habe einen Jungen kennen gelernt!«

»Wie gewöhnlich!«, stöhnte Mable.

»Er hat mir das größte Kompliment meines Lebens gemacht.«

»So?«, gähnte Mable. »Und das wäre?«

Ich verkniff mir ein Lächeln. »Er hat mir ganz einfach gestanden, dass er mich vergessen hatte!«

9

Ich hatte schon einige Freunde gehabt, aber es war immer dasselbe gewesen. Man ging zu einer Party oder in die Disco und nachher schmuste man auf einem Wagensitz. Dazu immer das gleiche Gerede: »Ich finde dich toll! Magst du mich auch? Sei doch nicht so! Ich will mit dir zusammen sein!« Das sagten alle, aber ich spürte, dass ich nicht wirklich wichtig für sie war. Sie wollten sich nur mit mir zeigen, weil ich Dorothy Ferbers Tochter war. Und das ging mir auf die Nerven. Miguel war da anders. Das imponierte mir wahnsinnig. Kein Gerede, kein Getue. Fast schien es mir, als käme er aus einer anderen Welt. Ich wusste nicht, ob diese Welt besser oder schlechter war als die, der ich angehörte. Was ich jedoch mit Sicherheit wusste, war, dass ich sie besser kennen lernen wollte.

Das wirkliche Mexiko . . . Ich kannte nur das Mexiko der Luxushotels und Privatstrände. Aber Mexiko ist auch – und vor allem – der Fischmarkt, die alten Frauen mit den geneigten Gesichtern, die weiß gekleideten Bauern, die Armut, die Arbeitslosigkeit, die vielen Früchte und Farben. Und dieser Flötenspieler mit dem dunklen, geheimnisvollen Gesicht . . .

In der Nacht hatte ich lange nicht einschlafen können, und als ich erwachte, war es schon spät. Mama hing wieder am Telefon und Mable tippte den Vertrag. Ich bestellte einen Milchkaffee und ging dann an den Strand. Diesmal nahm ich etwas Geld mit. Ich wollte mich nicht wieder von Miguel einladen lassen. Ich schwamm eine halbe Stunde lang und übte mich im Tauchen. Das Wasser war türkisblau und völlig durchsichtig, von Sonnenstrahlen durchflutet. Unter mir fiel die sandige Uferböschung sanft ab. Es gab aber auch Felsen, die von kalkigen Muschelsplittern verkrustet waren. Später lag ich im Sand und döste vor mich hin. Ich musste eingeschlafen sein; plötzlich spürte ich, wie jemand neben mir stand. Ich öffnete die Augen und sah eine Gestalt, die sich im Gegenlicht abzeichnete. Blinzelnd richtete ich mich auf.

»Miguel! Wie lange stehst du schon da?«

Schelmisch kniff er die Lider zu. »Ein Weilchen. Du schliefst mit einem Lächeln auf dem Gesicht. Ich wollte dich nicht stören.«

Er ließ sich vor mir auf die Knie nieder. Das weiße T-Shirt, das er trug, ließ seine Haut noch brauner erscheinen.

»Hast du schon gegessen?«, fragte ich.

»Ich esse immer in der Schulkantine. Und du?«

Ich schüttelte den Kopf. »Nein, aber das macht nichts. Ich habe nie Hunger.«

»Das ist aber nicht gut«, sagte er stirnrunzelnd. »Du musst essen. Komm! Da vorn ist eine Imbissstube.«

Der Junge strahlte eine seltsame Zärtlichkeit aus, die mich verwirrte. Er sorgt sich um mich, dachte ich. Warum eigentlich? Wortlos stand ich auf und zog mir ein T-Shirt über den Bikini.

In der prallen Sonne stapften wir durch den Sand bis zu dem Pfahlbau mit einem Dach aus getrockneten Palmwedeln. Wir setzten uns auf Holzstühle, deren Nägel sich uns in den Hintern bohrten. Es waren kaum Leute da. Der Inhaber, ein Schwarzer mit einer nicht mehr ganz weißen Schürze, zauberte Öl, Essig, Salz und Zahnstocher auf den wackeligen Tisch. Man konnte gegrillten Fisch vom Holzkohlenfeuer bestellen. Miguel wollte nur ein Mineralwasser.

»Es ist doch wohl klar, dass ich meinen Fisch selber bezahle!«, sagte ich in einem Ton, der keine Widerrede duldete.

Miguel lächelte. »Wenn du unbedingt willst!«

Der Schwarze brachte mir einen Teller, den er hastig mit einem Lappen abwischte. In Miguels Glas krabbelte eine Ameise. Ich musste lachen. Meine Mutter würde sich über die hygienischen Verhältnisse aufregen und mich schon mit Gelbsucht im Krankenhaus sehen. Der Fisch wurde mir auf einer Platte serviert, auf deren Rand noch einige Fingerabdrücke zu sehen waren. Ich zerlegte den Fisch und träufelte Zitronensaft darüber. Das schneeweiße Fleisch schmeckte köstlicher als alles, was ich je gegessen hatte. Miguel sah belustigt zu, wie ich mit den Gräten kämpfte.

»Weshalb erzählst du mir eigentlich, dass du keinen Appetit hast?«

Ich strahlte ihn an. »Ich weiß nicht, warum ich plötzlich Hunger habe! Die Meeresluft, wahrscheinlich . . .«

Er nickte. »Du bist auch schon anders als gestern.«

»Wieso, anders?«

»Viel ruhiger. Gestern warst du misstrauisch und streitlustig. Als ob du vor etwas Angst hättest . . .«

Einmal mehr überraschte er mich mit seiner Menschenkenntnis. Was mich an ihm so fesselte, war der Gegensatz von fast kindlicher Unbefangenheit und einer geheimnisvollen, alterslosen Weisheit.

Ich holte tief Luft. Ich wollte ganz ehrlich zu ihm sein.

»Du hast Recht«, sagte ich. »Immer, wenn ich einem Jungen begegne, denke ich sofort: Mag der mich meinetwegen oder nur, weil meine Mutter eine berühmte Schauspielerin ist? Ich kann mich nie so geben, wie ich wirklich bin, und zeige automatisch die Krallen.«

»Ja, ich verstehe«, sagte Miguel. »Du hast nie richtige Freunde gehabt.«

Ich beugte mich rasch vor. Ich spürte förmlich, wie mein Puls klopfte.

»Willst du mein Freund sein?«

Nicht ein Muskel bewegte sich in seinem Gesicht. Nur seine dunklen Augen wurden noch dunkler.

»Du bist nur für kurze Zeit hier«, sagte er leise. »Du wirst bald wieder abreisen . . .«

Ich schüttelte heftig den Kopf. »Das macht nichts! Bitte! Lass mich nicht im Stich!«

Miguel rührte sich nicht. Wir starrten uns an. Mutig hielt ich seinem klaren, ruhigen Blick stand. Schließlich lächelte er, aber seine Augen blieben ernst.

»Du forderst viel von mir. Weißt du das?«

Ich flüsterte, kaum hörbar: »Willst du nicht, dass es so ist?«

Er schwieg, überlegte. »Doch, ich glaube, ich will es . . .«

Er streckte mir die Hand über den Tisch entgegen. Ich ergriff sie wie eine Ertrinkende. Die schmalen, kräftigen Finger umschlossen die meinen und hielten sie fest. Ich senkte den Kopf. Der Wind, der durch das Palmengeflecht strich, rief ein raschelndes Geräusch hervor, wie Schwirren von Insektenflügeln. Das Meer umspülte die Felsen. Nach einer Weile zog Miguel seine Hand wieder zurück. Er führte sein Glas zum Mund und trank einen Schluck Wasser.

Ich brach das Schweigen. »Ich . . . ich möchte deine Mutter kennen lernen.«

Er stellte langsam das Glas ab.

»Weshalb?«, fragte er ruhig.

Ich stieß einen Seufzer aus. Ja, weshalb eigentlich?

»Ich weiß nicht«, gestand ich freimütig. »Seit gestern Abend muss ich dauernd an dich und deine Mutter denken. Weißt du, meine eigene Mutter ist – ist mir ein bisschen ... ein bisschen wie eine Fremde. Sie glaubt, ich hätte alles, was ich brauche. Sie streichelt mich manchmal wie man einen kleinen Hund streichelt, aber im Grunde ist es nichts als Gewohnheit. Sie weiß mit mir schon lange nichts mehr anzufangen.« Ich stockte. »Und deine Mutter, wie ist sie?«

»Ich würde alles für sie tun«, sagte Miguel. Bei jedem anderen Jungen hätte ich laut losgelacht. Aber bei ihm klang es überhaupt nicht aufgeblasen, sondern ganz natürlich. Er meinte wirklich, was er sagte. Aber ehrlich gestanden: Mir wäre es nie in den Sinn gekommen, eine solche Antwort zu geben. Alles für meine Mutter tun? Das fehlte noch!

»Du bist wirklich beneidenswert!«, seufzte ich.

»Findest du?«, sagte er bitter.

Nervös biss ich mir auf die Lippen. »Entschuldige! Manchmal bin ich wirklich ein Trampeltier! Ich wollte dich nicht kränken.«

Er nickte mir beruhigend zu. »Das weiß ich doch.«

Meinen Widersprüchen, meiner Heftigkeit setzte er eine entwaffnende Heiterkeit entgegen, sodass ich selbst merkte, wie kindisch und verwöhnt ich im Grunde war.

»Also gut! Einverstanden«, beantwortete er meine Frage. »Ich werde dich meiner Mutter vorstellen.«

Ich fühlte, wie es mir vor Freude ganz heiß wurde. »Wann?«

»Heute Abend, wenn du willst. Gleich nach der Show.«

»Ich kaufe mir ein Fernglas und werde auf der Terrasse sein, wenn du springst. Aber sei um Himmels willen vorsichtig!«

Seine dunklen Augen verengten sich, als er lächelnd sagte: »Keine Sorge! Ich werde dir sogar zuwinken.«

Dann sah ich, wie Miguel auf die Uhr blickte.

»Musst du schon wieder weg?«, fragte ich enttäuscht.

»Ja. Um zwei beginnt der Unterricht.«

»In den Staaten haben wir schon längst Ferien«, meinte ich.

»Wir leider erst in zwei Wochen«, sagte Miguel. »Aber dafür bis Ende September, wegen der Hitze.«

»Was machst du denn in den Ferien?«, wollte ich wissen.

Er lachte herzlich. »Etwas viel weniger Aufregendes. Ich arbeite als Aushilfe beim Telefonamt!«

Er rief den Schwarzen herbei, wir zahlten. Ich begleitete Miguel bis an die Böschung, die zur Straße führte.

»Also dann, bis heute Abend!«, verabschiedete er sich.

»Ich warte auf dich an der Treppe!«

Er legte den Arm um meine Schulter und drückte mich kurz an sich. Dann lief er rasch die Böschung hinauf und war verschwunden. Ich machte kehrt, stapfte langsam durch den Sand. Bis heute Abend waren es noch sieben Stunden, die ich irgendwie totschlagen musste.

10

Als ich ins Hotel zurückkam, erwartete mich eine Nachricht von Mama. Sie war mit Mable in die Stadt gefahren. Wahrscheinlich brauchte sie wieder was zum Anziehen. Ihre Schränke waren zum Bersten voll, aber sie hatte nie genug Kleider und kaufte immer neue dazu.

Meine Muskeln waren vom Schwimmen wohlig durchgeknetet. Ich legte mich in die Hängematte auf unserer Terrasse und versuchte mich auf einen schwachsinnigen Comic zu konzentrieren. Die Zeit kroch nur so dahin. Im Schatten war es kühl, das sanfte Schaukeln der Hängematte wirkte entspannend. Ich gähnte und spürte kaum noch, wie meine Lider schwer wurden. Plötzlich war ich eingeschlafen.

Beim Erwachen stand die Sonne bereits tief. Das Meer schimmerte wie flüssiges Gold. Ich fühlte mich zerschlagen und schlapp, aber eine Dusche, zuerst heiß, dann kalt, brachte mich wieder in Schwung. Ich überlegte, was ich anziehen sollte, und entschloss mich für eine rote Leinenhose und ein weißes Polohemd. Beim Kämmen betrachtete ich mich im Spiegel. Nicht übel! Die Stirn war glatt, die Augen leuchteten. Zufrieden fuhr ich im Lift hinunter. Mama hinterließ ich die Mitteilung, dass ich mit einem Freund ausgehen würde. Sollte sie denken, was sie wollte!

Beim ersten Optiker an der Hauptstraße erstand ich ein Fernglas. Als ich auf die Terrasse kam, spielte schon – wie alle Tage – die Band zum Tanz auf. Die Musiker traten diesmal im rosa Smoking auf. Der Sänger wimmerte einen Song von Frank Sinatra, wobei er sich das Mikrofon fast in den Mund stopfte. Ich trat an die Balustrade und wartete aufgeregt im mattgoldenen Abendlicht. Mehrmals ertappte ich mich dabei, wie ich an meinen Nägeln kaute, und wischte sie verstohlen an den Hosennähten ab. Zwei Texaner – eine vollbusige Dame in einem apfelgrünen Kleid und ein Herr mit grobporiger Adlernase – stellten sich neben mich und unterhielten sich überlaut. Nach drei Minuten wusste ich, dass in ihrem Bungalow die Klimaanlage streikte, die WC-Spülung defekt war und der Bildschirm flackerte. Komisch, bei uns funktionierte alles!

Plötzlich ließ die Band einen Trommelwirbel hören. Die Scheinwerfer flammten auf. Ich fühlte, wie meine Hände feucht wurden, als ich das Fernglas einstellte. Die drei Gestalten der Springer tauchten am Fuß der Klippen auf. Geschickt begannen sie ihren Aufstieg, zogen sich aufwärts über Felszacken und Geröll. Endlich standen sie hoch oben auf dem Klippenvorsprung und zündeten die Kerzen an. Ich beachtete kaum, wie die beiden ersten Männer ihren Sprung vorführten. Meine Augen ließen von Miguel nicht ab. Seine Wangenlinie, seine Schulterwölbung strahlten silbern. Als er vorsichtig an den Rand des Abgrundes trat, wandte er sich kurz der Balustrade zu und hob die Hand zum Gruß. Ich ließ ein nervöses Kichern hören. Die Texaner mussten mich für eine Irre halten. Einige Atemzüge lang verharrte Miguel regungslos, während sich eine große schäumende Welle gurgelnd und rauschend in die Bucht wälzte. Er wartete den geeigneten Augenblick ab und sprang, glitt durch die Luft wie ein eleganter, schwarzer Vogel. Die dunkle, gischtsprühende Wasserfracht rollte über ihn hinweg.

Wieder vergingen ein paar bange Sekunden. Endlich sah ich Miguel in einem Lichtstreifen auftauchen. Die nachdrängende Flutwelle spülte ihn ans Ufer. Ein Seufzer der Erleichterung entfuhr mir, während sich die Texanerin in dem apfelgrünen Kleid naserümpfend an ihren Begleiter wandte: »Du kannst sagen, was du willst, Bill – ich wette, da ist ein Trick dabei!«

Einige Minuten später stand ich wartend am Fuß der Treppe. Ich wusste kaum noch, was mit mir los war. Ich glühte und fror zugleich und alles tat mir weh, als hätte ich selber den Sprung vollführt. Endlich kam Miguel die Treppe herunter. Er trug den Sarape über der Schulter. Sein nasses, blauschwarzes Haar hing ihm ins Gesicht. Ich musste ihn komisch angestarrt haben, denn er fragte lächelnd: »Was ist denn?«

»Du glaubst es nicht«, stöhnte ich, »aber ich bin fast gestorben vor Angst!«

»Aber nicht doch«, sagte er beschwichtigend, »heute Abend hat es mir sogar Spaß gemacht.«

Als er bemerkte, dass ich zitterte, nahm er seinen Sarape ab und warf ihn mir über die Schultern. Ganz dicht stand er vor mir, ich spürte den Geruch von Salz und Tang, der von ihm ausging. Sinnend strich er mir mit den Fingerspitzen übers Gesicht, während er mich lange und eindringlich betrachtete.

»Bist du jetzt beruhigt?«, fragte er freundlich.

Ich nickte aufatmend. Er nahm meine Hand. Eine Weile gingen wir stumm nebeneinander her. Unsere Finger waren eng umschlungen. Aus dieser Berührung entstand eine Art Stromkreislauf, der uns von Herz zu Herz miteinander verband. Nach einer Weile sagte Miguel: »Wir wohnen etwas auswärts, auf dem Land. Macht es dir nichts aus, den Bus zu nehmen?«

Auf einem verkehrsreichen Platz warteten wir in einer

Traube von Menschen gut zwanzig Minuten. Es roch scheußlich nach Dieselöl. Endlich hielt ein vorsintflutlicher Bus. Nicht nur die gelbe Farbe war abgesplittert, sondern ganze Teile der Karosserie locker, ein Kotflügel war zerbeult. Männer, Frauen und Kinder drängten sich in das Ungetüm, wir hoben und drückten uns gegenseitig hinein. Zufällig konnten wir zwei Sitzplätze ergattern. Der Bus zischte, dröhnte und setzte sich ruckartig in Bewegung. Nachdem wir zunächst eine hell erleuchtete Straße entlanggefahren waren, bog der Wagen bald darauf in ein Gewirr dunkler Gassen ein. Mit überhöhter Geschwindigkeit schwankte er bergauf, bergab wie eine Geisterbahn. Die Fenster der Häuser waren sparsam erleuchtet, hier und da flackerte fades Fernsehlicht. Im Autobus roch es nach Knoblauch, Schweiß, Tabak und Fisch. Die Federung quietschte, die Scheiben ratterten. Die Sitze waren mit Taschenmessern aufgeschlitzt.

Eine Zeit lang fuhr der Bus an hässlichen Betonsiedlungen vorbei, später an Hütten aus platt geschlagenem Wellblech. Bald wurde die Dunkelheit dichter, nur hier und da flammte ein Licht auf. Wir hatten das Stadtgebiet bereits verlassen.

»Lebt deine Mutter ganz allein?«, schrie ich, um das Dröhnen und Quietschen zu übertönen.

»Eine ältere Frau führt ihr den Haushalt«, schrie Miguel zurück. »Ich bin ja den ganzen Tag nicht da.«

»Hat sie denn keine Angst?«

Miguel warf mir einen erstaunten Blick zu. »Angst? Wovor denn?«

»Bei uns in den Staaten wird viel eingebrochen.«

Miguel lachte. »Wir haben einen Hund. Er heißt Chico und mit dem ist nicht zu spaßen.«

Der Bus hielt mehrmals. An jeder Haltestelle stiegen einige Fahrgäste aus. Schließlich blieben außer uns nur noch zwei dicke, mit Körben beladene Frauen sitzen, ein Alter, der mit offenem Mund schnarchte, und eine kleine, dünne Indianerin mit glänzenden Haarflechten, die ein winziges Baby in ihrem Schal trug. Die Straße war voller Schlaglöcher. Bald hatte ich das unangenehme Gefühl, dass von meinen Knochen keiner mehr da war, wo er hingehörte! Unvermittelt hielt der Bus, sodass ich vom Sitz rutschte. Miguel konnte mich gerade noch auffangen.

»Wir sind da!«, rief er.

Ich folgte ihm zum Ausgang und stolperte in die Dunkelheit hinaus. Wir mussten weit draußen auf dem Land sein. Im Licht der Scheinwerfer konnte ich Agaven, Buschwerk und Felsen erkennen. Der Bus spuckte, zischte, ratterte und heulte auf. Er entfernte sich auf der Landstraße, uns in eine Wolke stinkender Abgase hüllend. In der einkehrenden Stille war kein Windhauch zu spüren. Sternklar funkelte der Himmel. Es duftete nach Harz und Salbei und das Zirpen unzähliger Grillen erfüllte die Umgebung. In der Ferne rauschte Wasser.

»Sind wir weit von der Küste entfernt?«, fragte ich.

»Nur wenige Kilometer«, sagte Miguel. »Was du da hörst, ist der Wildbach.«

Er nahm mich bei der Hand, um mich zu führen. »Pass auf die Steine auf. Der Weg ist schlecht!«

Ein schmaler Pfad führte neben der Straße abwärts. Sand und Kiesel knirschten unter meinen Sandalen. Ein dichter Pinienhain machte die Nacht noch schwärzer. Die Finsternis, das Rascheln und Knistern im Unterholz, der ferne Ruf eines Käuzchens erweckten in mir ein seltsames Gefühl der Unwirklichkeit.

Miguel drückte meine Hand. »Hast du Angst?«

Ich schüttelte den Kopf. »Überhaupt nicht!«

Plötzlich wurde vor uns eine helle Mauer sichtbar, auf die die Schatten der Zweige dunkle Muster warfen.

»Da ist unsere Finca*«, erklärte Miguel. Er ging auf das schmiedeeiserne Gitter zu, streckte den Arm zwischen den Gitterstäben hindurch und öffnete das Tor. Wir traten in einen kleinen Innenhof. Verschiedene Pflanzen und Kakteen wuchsen in großen Töpfen. Hinter der weiß gekalkten Veranda war ein Fenster spärlich erleuchtet.

»Vorsicht!«, murmelte Miguel. »Ich weiß nicht, ob Chico angebunden ist.«

Er stieß einen schrillen Pfiff aus. Die Antwort war ein ohrenbetäubendes wütendes Gekläff. Ein Schäferhund tauchte aus der Dunkelheit auf und raste auf uns zu. Unwillkürlich wich ich zurück. Blitzschnell trat Miguel vor, packte den Hund am Halsband und hielt ihn fest.

»Ruhig, Chico! . . . Willst du wohl artig sein?«

Das Tier sträubte sich und fletschte die Zähne. Das Knurren und Kläffen musste die ganze Nachbarschaft – sofern eine vorhanden war – in Aufruhr versetzen.

»Einen Moment«, keuchte Miguel, »ich will ihn festbinden.«

Er zog den Hund mit sich fort und legte ihn an eine lange, in der Mauer befestigte Kette.

»Ist schon gut! Sie tut uns doch nichts!« Er streichelte und kraulte das Tier, das sich allmählich beruhigte.

---

* Finca = spanisch: Landhaus

Ich ließ ein nervöses Lachen hören. »Deine Mutter braucht sich vor Einbrechern wirklich nicht zu fürchten!«

»Chico ist Fremde nicht gewöhnt«, meinte Miguel. »Selten kommt jemand hierher.« Er zögerte kurz und setzte hinzu: »Außer Laureano, natürlich.«

»Wer ist denn Laureano?«, wollte ich wissen.

Ich erriet sein Lächeln mehr, als dass ich es sah. »Laureano? Den kennst du doch!«

»Aber woher denn?«, fragte ich verblüfft.

Bevor Miguel antworten konnte, ging die Haustür auf. Eine ältere, schwarz gekleidete Frau erschien in dem Lichtrechteck, dessen Schein auf die Bodenfliesen fiel. Ich erblickte ein hageres Gesicht und glänzende, spähende Augen, die rund und schwarz waren wie die eines Sperlings.

»Niño!«, rief die Frau mit rauer Stimme. *»De dónde viene ésta chica?«*

»Es una amiga mía«, entgegnete Miguel. Zu mir sagte er: »Rosario ist schon zwanzig Jahre bei uns. Aber sie spricht nur Spanisch.«

»Buenas noches«, sagte ich höflich, worauf die Alte würdevoll den Kopf neigte.

Wir kamen in einen Vorraum, dessen einstmals weiß gekalkte Wände abbröckelten. Viele Bodenfliesen waren zersprungen. Dämmriges Licht erhellte den Raum. Ich konnte kaum die Glühfäden in der Birne erkennen, die ohne Schirm von der Decke hing.

»Der Strom ist sehr knapp«, sagte Miguel. »Aber bald wird in der Nähe ein Kraftwerk gebaut, dann wird die Beleuchtung besser. Warte bitte einen Augenblick«, fuhr Miguel fort. »Ich sage Mama, dass ich Besuch mitbringe.«

Er öffnete eine Tür und schloss sie leise hinter sich. Ich blieb allein zurück. Es roch nach Staub und Schimmel. Im Grunde war es ein recht düsterer Raum, aber trotzdem schien er mir von Frieden erfüllt. Ich hörte deutlich Atemzüge, wandte den Kopf und sah, wie mich die alte Rosario betrachtete. Einige graue Strähnen hingen aus ihrem Kopftuch. Ihr zerfurchtes Gesicht wirkte undurchdringlich. Ich lächelte sie freundlich an. Sie nickte nur stumm vor sich hin und rieb sich die Hände, wobei ihre raue Haut ein kratzendes Geräusch verursachte.

Da kam Miguel auch schon zurück. »Mama freut sich dich kennen zu lernen. Übrigens spricht sie gut Englisch.«

Er führte mich in ein großes Zimmer, dessen Decke durch die dicken Holzbalken höher erschien, als sie in Wirklichkeit war. Die schweren Möbel waren antik. Auf dem Boden lag ein indianischer Teppich mit schwarzen, weißen und türkisfarbenen Mustern. Der Wand und den Fenstern entlang wuchsen in irdenen Töpfen Blumen und Blattpflanzen, von denen einige bis zur Decke emporragten. Auch dieses Zimmer war von einer einzigen flackernden Glühbirne schwach erhellt.

Die Señora saß reglos in einem Stuhl mit hoher Lehne. Sie trug einen langen Rock aus schwarzem Webstoff und eine hochgeschlossene weiße Bluse. Ein ebenfalls schwarzer Schal mit langen Fransen bedeckte ihre Schultern. Dunkel glänzende Zöpfe umrahmten ein scharf geschnittenes, kupferfarbenes Gesicht, das von schwärzlichen, etwas gedunsenen Narben übersät war. Dennoch war nichts Abstoßendes in diesem Antlitz, dessen reine Züge noch die einstige Schönheit ahnen ließen. Die Nase war leicht gebogen, die Mundwinkel schwermütig herabgezogen. Aber das Erstaunliche waren die Augen mit den unnatürlich geweiteten Pupillen. Sie wirkten so groß, dass vom Weiß des Augapfels kaum etwas zu sehen war. Niemand würde die Frau für eine Blinde gehalten haben, wäre nicht der allzu starre, ins Leere gerichtete Blick gewesen.

Ich schwieg und rührte mich nicht von der Stelle.

Miguel berührte mich am Arm. »Komm!«

Ein Lächeln erhellte die ernsten Züge der Señora Romero. »Ich bin glücklich Ihre Bekanntschaft zu machen, Señorita«, sagte sie in tadellosem Englisch, dessen schleppender, leicht verschleierter Klang an Miguels sanfte Sprechweise erinnerte. »Setzen Sie sich bitte!«

Wenn sie lächelte, verzog sich die gespannte Haut über den Wangenknochen zu Fältchen, in denen die körnigen Narben wie verwoben schienen. Ich schluckte mehrmals, unfähig einen klaren Gedanken zu fassen.

»Guten Abend, Señora!«, brachte ich schließlich über die Lippen. Miguel schob mir einen Stuhl hin. Völlig verstört setzte ich mich. Was nun? Sollte ich mit ihr über ihren Zustand reden oder war es besser, zu schweigen? Noch nie hatte ich so Angst gehabt, etwas Falsches zu sagen!

Miguels Mutter schien meine Unsicherheit zu spüren.

»Ich bin blind, Señorita«, erläuterte sie mit ruhiger Stimme, »und bedaure es, Sie nicht sehen zu können. Aber ich stelle mir die Menschen, mit denen ich spreche, gern vor. Sagen Sie mir, wie Sie aussehen, wie Sie gekleidet sind. So werde ich mir ein Bild von Ihnen machen können.«

Unversehens war ich in eine Klemme geraten und stotterte töricht: »Mich beschreiben . . . ich mich selbst? Aber ich . . .«

Miguel, den meine Verwirrung zu belustigen schien, kam mir zu Hilfe »Ich werde es tun, Madrecita! Sabrina ist vierzehn Jahre alt. Sie ist nicht groß, sehr schlank und sonnengebräunt. Sie hat blondes Haar, sehr hell auf der Stirn und etwas dunkler im Nacken. Ihre Augen . . . ihre Augen verändern die Farbe. Es hängt ganz von der Beleuchtung ab. Gerade jetzt sind sie . . . lass mich sehen?« Er beugte sich schelmisch lächelnd vor und betrachtete mich eingehend, worauf ich kichernd mein Gesicht abwandte. ». . . gerade jetzt sind sie grün, diese Augen«, fuhr Miguel unbekümmert fort. »Sie trägt rote Hosen und ein weißes Polohemd. Und weiße Sandalen. Sie ist sehr hübsch.«

Hübsch? Ich? Jetzt übertreibt er aber!

»Oh, nein, das stimmt überhaupt nicht!«, rief ich empört. »Glauben Sie nicht, was er sagt, Señora! Ich bin absolut durchschnittlich!«

Señora Romero lachte laut auf. Man vergaß ihre Narben, ihre Blindheit, man vergaß alles. Sie sah aus wie ein junges Mädchen. »Nach Miguels Beschreibung würde ich doch eher das Gegenteil glauben!«

Ich zog die Schultern hoch. »Das sagt er nur, damit ich einen guten Eindruck auf Sie mache.«

»Sie sind Amerikanerin, nicht wahr?«, fragte Señora Romero weiter. »Aus welcher Gegend kommen Sie?«

Ich sagte es ihr. Nebelhafte Bilder zogen an meinem geistigen Auge vorbei: Los Angeles, Hollywood, Beverley Hills. Das Meer, die Wolkenkratzer, die wirren Knäuel der Autobahnen, die Luxuskaufhäuser, die Prunkvillen, der Lärm, der Gestank, die hektische Musik. Wie weit entfernt das alles schien . . .

»Oh!«, machte Señora Romero. »Die Filmstadt . . .«

Ich nickte, obgleich sie es nicht sehen konnte. »Ich bin

die Tochter von Dorothy Ferber. Sie haben doch sicher ihre Filme . . .« Fast hätte ich »gesehen« gesagt, biss mir aber noch rechtzeitig auf die Lippen.

»Señorita«, erwiderte die Frau mit entschuldigendem Lächeln, »bei den Filmstars kenne ich mich nicht allzu gut aus. Vor meinem Unfall ging ich oft ins Kino. Aber jetzt . . .«

Sie hob ihre schlanke Hand und ließ sie wieder fallen. Bestürzt betrachtete ich ihr plötzlich verdüstertes Gesicht. Sie sah so traurig aus, dass mir die Tränen kamen und ich kläglich versuchte sie zu trösten. »Sie werden sicher wieder sehen können! Miguel hat mir gesagt, dass eine Operation noch möglich ist!«

Die Señora schüttelte leicht den Kopf. »Miguel ist voller Optimismus. Ich selbst mache mir nur noch wenig Hoffnung . . .«, und sie seufzte tief auf. »Wahrscheinlich ist es leichter, sich in sein Schicksal zu fügen, als sich gegen eine unabänderliche Wirklichkeit aufzulehnen.«

Fröstelnd zog sie den Schal über ihren Schultern zusammen. Das flackernde Licht fiel schräg auf sie herab und ließ ihre Narben scharf und dunkel hervortreten. Wie verzweifelt sie plötzlich aussah! Ich wechselte einen fragenden Blick mit Miguel und sah, wie sein Gesicht sich anspannte. Aber schon hatte sich Señora Romero wieder gefasst. Ein freundliches, fast schelmisches Lächeln erhellte ihre Züge. »Sie bedauern mich, nicht wahr? Das ist ganz unnötig, Señorita! Mein Leben ist trotz allem nicht eintönig. Meine Hände kann ich immer noch gebrauchen und ich bin nie untätig. Ich höre viel Musik. Und wenn ich auch das Tageslicht nur undeutlich erkenne, höre ich die Stimmen der Vögel, das Rascheln der Blätter, das Murmeln des Wildbaches. Atme ich den Duft einer Blume ein, stelle ich sie mir in der ganzen Pracht ihrer Farben vor. Und ich habe einen guten Sohn, der mir nichts als Freude macht . . .«

Miguel tat etwas Unerwartetes: Er ergriff die Hand seiner Mutter und führte sie an die Lippen. Bei uns würde das kein Junge wagen, aus Angst, dass sich die anderen krumm lachten. Miguels Gebärde wirkte jedoch so unbefangen und selbstverständlich, dass es mir nicht in den Sinn kam, sie lächerlich zu finden. Im Gegenteil: Unsere eigene Nüchternheit und Gefühlskälte kam mir plötzlich engstirnig, kleinlich und unnatürlich vor.

Señora Romeros Antlitz wirkte wieder heiter. Sie wandte mir ihre großen, ausdruckslosen Augen zu und sagte in unbeschwertem Tonfall: »Aber da rede ich und rede und vergesse ganz Ihnen etwas anzubieten! Haben Sie schon zu Abend gegessen, Señorita?«

Ganz in Gedanken versunken – diese Frau und dieser Junge gehörten wirklich einer anderen Welt an –, verneinte ich. »Dann erlauben Sie mir Sie dazu einzuladen.«

Ich stammelte, dass ich nur kurz bleiben und nicht stören wolle.

Doch sie hob mit lebhafter Bewegung beide Hände. »Wir können Ihnen nicht viel anbieten, Señorita, aber was wir haben, teilen wir gern mit Ihnen.«

Sie gab Miguel ein Zeichen. »*Hijo**, geh und bitte Rosario den Tisch zu decken.«

Kurz darauf saß ich mit Miguel und Señora Romero – sie hatte mich gebeten, sie Doña María zu nennen – beim Abendessen. Es gab weder Langustencocktail noch Kalb-

---

* Hijo = spanisch: Sohn

schnitzel in Calvadossauce, sondern Eier, schwarze Bohnen, Tomatensalat und Brot. Ich, die sonst nie meinen Teller leer aß, entwickelte auf einmal eine fast peinliche Gefräßigkeit! Miguel warf mir belustigte Blicke zu, die mich noch mehr in Verlegenheit brachten. Du liebe Zeit, was fiel mir eigentlich ein den Leuten hier alles wegzuessen!

Während der Mahlzeit plauderte Doña María unbefangen und fröhlich. Sie erzählte, dass ihr Haus mehr als hundert Jahre alt sei und sogar einmal den berühmten indianischen Freiheitskämpfer Pancho Villa beherbergt hatte.

»Es muss dabei zu einer Schießerei gekommen sein«, erklärte sie. »Die Löcher der Kugeln sind noch in der Mauer zu sehen.«

»Und dieser Löcher wegen«, fuhr Miguel lachend fort, »gehört unsere Finca zu den so genannten ›historischen Stätten‹! Wir hätten sie mehrmals verkaufen können. Aber Madrecita (er gebrauchte die spanische Koseform für »Mutter«) will sich von ihr nicht trennen.«

»Ja«, sagte Doña María. »In diesem Haus haben meine Großeltern gelebt. Ich selbst bin hier geboren worden. Und wenn Miguel mal Kinder hat, sollen auch sie hier wohnen.«

»Der Bau müsste dringend renoviert werden«, meinte Miguel. »Der Mörtel bröckelt, wir haben keine Heizung und das Wasser schöpfen wir aus einem Brunnen.« Er verzog das Gesicht. »Aber es wird noch Jahre dauern, bis ich Geld in das Haus stecken kann.«

Doña María lachte heiter.

»Er macht sich immer Sorgen um mich, das ist seine Art! Mir macht Kälte nichts aus und Brunnenwasser ist gesund.«

Etwas befangen schwieg ich. Miguel hatte mir gesagt, dass sie von seinem gefahrvollen Job nichts wusste. Er schien meine Gedanken zu ahnen, denn er sah mich bedeutungsvoll an und legte kurz einen Finger auf die Lippen. Ich senkte den Kopf und errötete. Ich wurde das Gefühl nicht los, dass Doña María in Wirklichkeit sehen konnte. Aber der Eindruck täuschte. Jede ihrer geschickten, anmutigen Bewegungen wurde durch bestimmte Anhaltspunkte geleitet. Sie streifte flüchtig den Tellerrand oder tastete behutsam über die sorgfältig geflickte weiße Tischdecke, bevor sie mit unbeirrbarer Sicherheit ihr Glas oder ihr Besteck fand.

Nach dem Essen brachte Rosario eine Kanne schwarzen, stark gesüßten Kaffee. Beim Einschenken flüsterte sie Doña María einige Worte zu. Diese nickte kurz. Rosario schlurfte hinaus, wobei ihr argwöhnischer Blick mich streifte.

Ich schenkte dem Zwischenfall nur geringe Aufmerksamkeit, aber Miguel war dieser Blick nicht entgangen. Er berührte sacht die Hand seiner Mutter und sagte etwas auf Spanisch. Doña María antwortete mit leichtem Kopfschütteln. Ihr Gesicht wirkte plötzlich verschlossen.

Ich hatte meinen Kaffee ausgetrunken. Als ich auf die Uhr sah, merkte ich erschrocken, wie spät es schon war. Meine Mutter musste sich fragen, wo ich steckte. Natürlich war kein Telefon im Haus, dass ich sie hätte anrufen können.

»Ich muss gehen«, sagte ich.

Miguel nickte. »Der Bus kommt gleich. Ich bringe dich zum Hotel zurück.«

Ich starrte in Doña Marías schwarz glitzernde Augen. Es fiel mir eigentümlich schwer, von ihr Abschied zu nehmen. Mit dem geheimnisvollen Instinkt der Blinden spürte es die Frau. Sie nahm meine Hände in die ihren, die weich und kühl waren, und sagte mit ihrer dunklen Stimme: »Sabrina, dieses Haus ist auch dein Haus. Komm wieder, sobald du es nötig hast.«

Ich fiel aus allen Wolken. »Wenn du es nötig hast«, hatte sie gesagt. War Doña María eine Hellseherin, dass sie meinen sehnlichsten Wunsch erriet?

»Wirklich?«, stotterte ich. »Sie . . . Sie möchten wirklich, dass ich Sie besuche?«

Die Blinde neigte lächelnd den Kopf.

»Ich freue mich dich bei mir zu haben.« Sie drückte zärtlich meine Hände. »Komm bald wieder!«

»Sabrina, wir müssen gehen«, drängte Miguel. »Der Bus fährt nur jede Stunde.«

Er warf den Sarape mit den langen Fransen über meine Schultern.

»Nachts wird es hier sehr kalt«, sagte er. »Die Feuchtigkeit steigt aus dem Meer.«

Ich wollte mich von Rosario verabschieden, aber die ließ sich nicht blicken. Wir traten in die Nacht hinaus. Die Sterne leuchteten wie Millionen funkelnder Glühwürmchen. Hinter der Mauer zirpten die Grillen. Chico sprang bellend auf und riss an seiner Kette. Miguel warf ihm einige besänftigende Worte zu. Der Hund trabte knurrend im Kreis und zog sich dann zurück. Nur das Rasseln der Kette und das leise Knirschen unserer Schritte auf dem Sand waren in der Stille zu hören.

Auf einmal zuckte ich zusammen und blieb stehen. Ein seltsamer Laut ertönte im Schatten der Veranda, eine Melodie entstieg wie ein Windhauch der Dunkelheit. Den Klang hatte ich schon irgendwo gehört. Aber wo nur?

»Was ist das?«, raunte ich Miguel zu. Er zögerte nur kurz, bevor er leise den Namen nannte: »Laureano.«

Schon wieder dieser Mensch, den ich angeblich kennen sollte und nie gesehen hatte! »Kannst du mir endlich sagen, wer das ist?«

»Ein Straßenmusikant«, antwortete Miguel leichthin. »Er kommt abends oft zu uns spielen.«

In diesem Augenblick erinnerte ich mich an den weiß gekleideten Mann mit der roten Schärpe, den ich auf dem Fischmarkt gesehen hatte. Das Spiel der feinen, schwärzlichen Finger auf der mit Glasstückchen verzierten Flöte hatte sich deutlich in mein Gedächtnis eingeprägt. Ausgerechnet er hatte meinen Unfall verursacht und meine Begegnung mit Miguel herbeigeführt.

»Du kanntest diesen Mann!«, rief ich erstaunt. »Und du hast mir nichts davon gesagt?«

»Warum sollte ich? Du warst eine Fremde«, entgegnete er schlicht.

Ich schwieg. Das leuchtete mir wohl ein. Verwirrt lauschte ich auf das klare, trillernde Klanggewebe. Die Melodie stieg und fiel, schwang sich ins Leere wie ein unsichtbarer Faden, der – Note um Note – ein Netz vibrierender Töne webt.

»Wo ist denn der Mann? Kann ich ihn mal sehen?«

Miguel schüttelte den Kopf und zog mich sanft, aber bestimmt weiter. »Heute Abend lieber nicht. Ich müsste erst mit ihm sprechen. Er ist ein komplizierter Mensch. Als Rosario ihm sagte, dass Besuch da ist, wollte er erst gar nicht ins Haus kommen.«

»Aber wer ist denn dieser Laureano?«

»Er stammt aus Michoacan, aus der gleichen Provinz wie meine Mutter. Eines Abends, kurz nach dem Tod meines

Vaters, stand er plötzlich vor unserem Tor. Er sah aus wie ein Landstreicher und wirkte völlig heruntergekommen. Mama gab ihm zu essen und erlaubte ihm in einem unbenutzten Zimmer zu schlafen. Seither hat er die Stadt nicht verlassen und verdient sich sein Geld mit Flötenspiel. Er ist ein großer Künstler, aber er weigert sich sein Talent zu vermarkten. Er kommt abends oft her und spielt für meine Mutter, um ihre Kopfschmerzen zu lindern.«

»Wie meinst du das?«, fragte ich verblüfft. »Nimmt sie denn keine Tabletten dagegen?«

»Weißt du! Als Mama ihren Unfall hatte, kam er, obwohl ihn niemand gerufen hatte. Mama ging es sehr schlecht und der Arzt zweifelte, ob er sie retten könnte. Jeden Tag besuchte ich sie im Krankenhaus. Laureano wollte unbedingt mitkommen. Er setzte sich an ihr Bett und spielte Flöte. Die Krankenschwester ließ ihn gewähren. Einige Stunden später erwachte Mama aus ihrer Bewusstlosigkeit und wir begriffen, dass sie das Schlimmste überstanden hatte.«

»Aber was hat das denn mit dem Flötenspiel zu tun?«

Er lächelte, als ob er mein begriffsstutziges Verhalten erwartet hätte. »Die Chimiria soll Heilkräfte besitzen. Ihr Klang verscheucht Krankheiten und böse Geister.«

Ich starrte ihn stirnrunzelnd an. »Glaubst du an so etwas?«

*»Quién sabe?«**, sagte Miguel halblaut. »Ich bin eben Mexikaner . . .« Er öffnete das Torschloss. Wir traten aus dem Hof und gingen durch den Pinienhain. Der Flötenton brach plötzlich ab, als risse ein Faden entzwei. Die Stille danach schien noch geheimnisvoller und tiefer.

---

* Quién sabe? = spanisch: Wer weiß?

Ich dachte über Miguels Worte nach. Alles das passte gar nicht zu dem auf Vernunft begründeten, aufgeklärten Leben, das ich zu führen gewohnt war. Ich glaubte mit beiden Füßen fest auf der Erde zu stehen und nun sprach dieser Junge von geheimen Kräften und Magie, ohne dass es mich übermäßig wunderte. Ich fühlte plötzlich, wie sehr ich mich verändert hatte. In kürzester Zeit war so viel geschehen! So viel, von dem ich vorher keine Ahnung gehabt hatte, war auf einmal bedeutungsvoll geworden. Ich brauchte Ruhe, um es zu verarbeiten und mit mir selbst ins Reine zu kommen.

Mit der seltsamen Klarsicht, die ihm eigen war, schien Miguel meine Gedanken zu spüren. Er legte mir die Hand auf die Schulter. »Siehst du, wir Mexikaner haben fast alle indianisches Blut in uns. Und wir sind stolz darauf. Mama ist zudem von Geburt aus adelig. Sie stammt aus einem mächtigen Häuptlingsgeschlecht. Schon zur Zeit der Azteken waren Laureanos Vorfahren Untertanen unserer Familie.« Wieder stand ein Lächeln in seinen Augen. »Verstehst du es jetzt besser?«

»Ja«, hauchte ich, ohne das Gefühl zu haben, dass ich log.

»Ich weiß, dass ich dir vertrauen kann«, sagte Miguel warm und träumte einige Augenblicke vor sich hin. »Manchmal glaube ich, dass unsere Begegnung kein Zufall war, sondern vom Schicksal bestimmt.«

Seine Stimme klang schwermütig. Auf einmal bewegte ein Windstoß die Bäume und ich spürte eine Gänsehaut. Ich zog den Sarape enger um die Schultern. Miguel hatte Recht, es war verflixt kalt hier draußen!

Ich versuchte mit einem Witz meine Beklommenheit

zu überspielen. »Ja, aber ich frage mich nur, ob es ein gutes oder ein böses Schicksal war!«

Er sah mich in der Dunkelheit an. Sein Gesicht war plötzlich ernst geworden. Er legte die Hand um meinen Nacken und zog mich eng an sich.

»Quién sabe?«, wiederholte er leise, als der Bus neben uns hielt.

11

»Ich möchte nicht indiskret sein, aber ich würde trotzdem gern wissen, was los ist«, sagte Mable, während ich mir einen Toast dick mit Butter und Marmelade bestrich. »Seit einigen Tagen hast du dich in bemerkenswerter Weise verändert.«

Ich biss in meinen Toast.

»In guter oder schlechter?«, fragte ich mit vollem Mund.

Mable schüttelte argwöhnisch und bedächtig den Kopf, als hätte sie vor sich ein Kalb mit acht Beinen. »Wenn ich aufrichtig sein soll: eher in guter. Du lachst, du isst und du kämmst dich mit einem Kamm und nicht mehr mit den Fingern.«

Sie goss sich eine Tasse Kaffee ein. »Wie heißt denn der Junge?«

Ich fühlte, dass ich errötete, und steckte mir rasch den Rest Toast in den Mund. »Welcher Junge?«

»Sei nicht einfältig«, erklärte Mable trocken. »Irgendeiner hat es geschafft, dich in ein liebenswürdiges Wesen zu verwandeln.«

»Er heißt Miguel«, sagte ich betont gleichgültig.

In ihrem rosa Overall, der ihre dunkle Haut bestens zur Geltung brachte, schlenderte Mable auf ihren überlangen Beinen durchs Zimmer.

»Miguel! Ist er Mexikaner?«

Ich grinste sie an. »Hast du Rassenvorurteile?«

»Du kannst von mir aus einen grünen Marsmenschen küssen.« Mable verzog keine Miene. »Aber nimm dich vor Ferienbekanntschaften in Acht.«

Ich gabelte ein Stück Rührei auf, steckte es bedächtig in den Mund und kaute. »Warum? Hast du Angst, dass ich einen Virus erwische?«

»Ganz richtig«, sagte Mable. »Liebeskummer ist eine schwere Krankheit. Weißt du, dass wir nur noch drei Tage hier sind?«

Mir blieb das Rührei im Hals stecken. »Das kann doch nicht wahr sein!«

»Stell dich nicht so dumm«, erwiderte Mable. »Die Jury für den Akademiepreis tritt morgen zusammen. Wenn deine Mutter die Auszeichnung kriegt, kehren wir gleich nach der Pressekonferenz in die Staaten zurück. Jetzt bist du gewarnt.«

Mables letzte Worte tönten dumpf in meinen Ohren, die wie mit Watte gefüllt schienen. Ich schmetterte die Gabel auf den Tisch. Der Appetit war mir plötzlich vergangen. »Ich . . . ich will aber nicht abreisen!«

»Ich fürchte, man wird dir keine andere Wahl lassen.« Mable stellte ihre leere Tasse auf das Frühstückstablett und setzte sich neben mich. »Ich will dir nicht die Ferien verderben. Aber finde dich damit ab, dass deine mexikanischen Schäferstündchen zeitlich begrenzt sind.«

Eine Rakete explodierte in meinem Kopf. Ich schlug mit der Faust auf den Tisch, dass die Tassen schepperten. »Nein und nochmals nein! Ihr könnt ohne mich abreisen! Ich bleibe hier! Was aus mir wird, ist mir völlig egal. Ich werde mir einen Job suchen und . . . und . . .«

Meine Stimme versagte. Ich schnappte verzweifelt nach Luft und rieb mir die schmerzende Hand.

Gelassen zündete sich Mable eine Zigarette an. »Hör gefälligst auf wie ein wütender Pavian zu kreischen. Was ist denn eigentlich los? Du hast dich verliebt, nicht wahr?«

Ich nickte wortlos und knipste mit den Fingernägeln.

»Und nicht in irgendwen, nehme ich an.«

»Nein, nicht in irgendwen.«

»Schade!« Mable stieß den Rauch durch die Nase. »Wahrscheinlich wäre alles zu einfach gewesen. Nur weil dieser Junge dir Eindruck macht, glaubst du . . .«

Ich schüttelte heftig den Kopf. »Es geht nicht nur um ihn. Ich . . . ich besuche jeden Nachmittag seine Mutter.«

Mable zog fragend die Brauen hoch. Ihr Gesicht drückte Überraschung aus und ein wenig spöttisch meinte sie: »Da scheinst du ja in guten Händen zu sein!«

»Sie ist blind«, sagte ich.

Mables Gesicht veränderte sich. Sie warf mir einen merkwürdigen Blick zu. Auf einmal war ich wieder nüchtern und bedauerte meinen Wutausbruch. An meinen Nägeln kauend, erzählte ich Mable von Doña María. Sie rauchte und hörte mir geduldig zu.

»Zu dieser Dame gehst du also täglich? Und ich dachte, du liegst am Strand.«

»Nein. Wir sitzen im Garten und diskutieren. Man kann ganz toll mit ihr reden!«

»Worüber denn?«

»Über alles Mögliche: das Leben, den Tod, die Vergangenheit . . .«

Mable ließ ihr leises, raues Lachen hören. »Ich wusste überhaupt nicht, dass man mit dir über so was reden kann!«

Wieder knallte meine Faust auf den Tisch. Eine Tasse sprang hoch.

»Ich bin keine Zierpuppe!«, schrie ich. »Ich bin ein Mensch und ihr könntet mich zur Abwechslung auch mal ernst nehmen.«

»Scherben bringen Glück.« Mable nickte ungerührt. »Wenn ich dich nicht ernst nehmen würde, säße ich nicht hier und hörte mir dein Gezeter an.«

Auf einmal spürte ich, wie mir heiße Tränen in die Augen stiegen. »Wenn ich nicht schreie, merkt ja niemand, dass ich überhaupt da bin!«

»Soviel ich weiß«, sagte Mable trocken, »habe ich dich noch nie übersehen.«

Sie warf mir wieder diesen komischen Blick zu. »Ein junger Mexikaner und seine blinde Mutter also . . . Und bei ihnen bist du glücklich, Sina?«

Ich holte tief Luft und überlegte, bevor ich antwortete. »Ich glaube, ja.«

»Interessant!«, murmelte Mable und drückte ihre Zigarette aus. Lag wirklich so etwas wie Zärtlichkeit in ihrem Lächeln?

Meine Stimme zitterte, als ich sagte: »Mable, du musst mit Mama reden! Ich will hier bleiben! Wenn ich nach L.A. zurückkehren muss, dann . . . dann sterbe ich vor Kummer!«

Mables Ausdruck wurde leicht ironisch. »Das glaube ich kaum. Eigentlich passiert das nur bei Shakespeare.« Sie legte plötzlich ihre Hand auf die meine.

»Sina, sei vernünftig. Dorothy wird nie einverstanden sein, dass du allein in diesem Land zurückbleibst.«

Sie schien ungerührt, als ich die Hand heftig zurückzog, und setzte sarkastisch hinzu: »Deine einzige Chance besteht darin, dass Dorothy den Preis nicht erhält. In diesem Fall wird sie sich einen Nervenzusammenbruch leisten, der dir noch mindestens zwei Wochen Aufschub gewährt!«

12

Ich hastete in der Mittagshitze die Treppe hinunter und rannte durch den Garten zum Strand. Meine nackten Füße versanken im warmen, von Muschelsplittern durchsetzten Sand. Die Sonne stand fast senkrecht und ein dunstiger Schmelzschleier überzog Himmel, Meer und Felsen. Die Palmen zitterten in der blendenden Luftspiegelung.

Schon von weitem sah ich Miguel, der auf mich wartete. Ich lief auf ihn zu und ließ mich atemlos neben ihn in den Sand fallen. Er merkte sofort, dass bei mir etwas nicht stimmte. Sein Blick war fragend und etwas besorgt.

»Was ist los mit dir? Ist etwas passiert?«

»Das kann man wohl sagen!«, platzte ich heraus.

Ausführlich erzählte ich von dem Preis, den meine Mutter zu gewinnen hoffte, und von unserer bevorstehenden Abreise. Ich war so wütend und verzweifelt, dass meine Rede kaum zu bremsen war. Miguel fuhr fort mich eindringlich zu betrachten. Er stellte keine Frage und unterbrach mich auch kein einziges Mal.

»Es war doch von Anfang an klar, dass dieser Tag kommen würde«, sagte er leise, als ich erschöpft Atem holte.

Ich starrte ihn an. Das waren nicht die Worte, die ich von ihm erwartet hatte. »Macht es dir denn gar nichts aus, dass ... dass wir uns trennen müssen?«

Ich sah, wie sein Ausdruck sich verdüsterte und fast verstört wirkte.

»Mir?«, murmelte er und griff nach meiner Hand. Ich fühlte, dass er schwitzte. »Ich brauche dich doch!«, stieß er hervor.

Ich wandte das Gesicht ab, aber er suchte meinen Blick. »Du hast mich gebeten dein Freund zu sein. Aber jetzt fliegst du zurück in die Staaten und wirst mich vergessen.«

»Das ist nicht wahr!«, schrie ich heftig. »Ich will hier bleiben. Es gibt doch sicher eine Möglichkeit ...«

Er drückte meine Hand. Seine Lider zuckten schmerzvoll. »Sabrina, sei vernünftig (die gleichen Worte wie Mable!) Was willst du hier? Zur Schule gehen? Du sprichst nicht einmal Spanisch. Einen Job suchen? Bei dieser Arbeitslosigkeit?«

Ich unterbrach ihn und schrie beinahe. »Ist dir klar, dass ich in drei Tagen nicht mehr hier bin? Ich muss zurück nach L.A., zurück in eine Welt, mit der ich nichts mehr gemeinsam habe. Ist dir bewusst, dass wir uns wahrscheinlich nie wieder sehen?«

Er schwieg bedrückt und sagte dann halblaut: »Es wird nicht einfach sein, aber wir müssen es ertragen.«

Ich fühlte wieder die Tränen hochsteigen und kniff verzweifelt die Lider zusammen. Jetzt nur nicht losheulen! Ich starrte in die flimmernde Helle, bis meine Augen brannten. Schließlich konnte ich die Tränen nicht mehr zurückhalten, sie liefen in Strömen über meine Wangen.

»Ach, du«, sagte er »Sabrina . . .«

»Ist schon in Ordnung«, schluchzte ich. »Kümmere dich nicht um mich . . .«

Wozu das ganze Theater? Ein Junge ist nichts als ein Junge und jeder Mensch ist ersetzbar. Wirklich? Flüsterte mir eine innere Stimme ironisch ins Ohr. Bist du so überzeugt davon?

»Bitte, weine nicht«, hörte ich Miguel verzweifelt sagen. »Es tut mir so weh, dich weinen zu sehen . . .« Er wollte mich in die Arme nehmen.

Ich stieß ihn weg. »Lass mich in Ruhe!«

Doch er rührte sich nicht von der Stelle, streichelte sanft mein verschwitztes Haar und wiederholte immer wieder: »Weine nicht, Sabrina!« Und dann, ganz leise, auf Spanisch: *»Te quiero mucho, mucho* (Ich liebe dich so) . . . *Yo tampoco no quiero perderte* . . . (Auch ich will dich nicht verlieren).« Seine dunkle, verhaltene Stimme war fast nur ein Flüstern. Ich hörte sie durch mein Schluchzen und das ferne Rauschen der Brandung. Und während ich meine nasse Wange an Miguels Schulter lehnte, sah ich deutlich, was ich angerichtet hatte. Ich hatte gewünscht, dass er mein Freund würde, und dabei nur an mich selbst gedacht. Ich erschöpfte mich in Selbstmitleid, nutzte seine Geduld, seine Einsicht, seine Gelassenheit aus.

Miguel dagegen hatte von Anfang an zuerst an mich gedacht. Mit dem, was er dabei empfand, hatte er mich nicht belästigt. Und jetzt? Immer im Kreis ging ich in Gedanken – wie ein Hamster, der auf ein Rad in seinem Käfig tritt. Es half alles nichts. Wir mussten uns trennen. Ich würde nach Hause fliegen und es dort keine Spur anders machen als früher. Dasitzen. Warten. Mich über mich selbst und alle anderen aufregen und keine Kraft haben, es zu ändern.

13

Doña María saß auf einer Bank im Schatten eines Feigenbaumes. Eine Eidechse kauerte hinter ihr auf der weißen, abbröckelnden Wand. Dona Maria hielt einen schwarzen Schal auf den Knien. Sie stickte mit buntem Garn ein Blumenmuster, das auf dem Stoff in üppiger Farbenpracht leuchtete. Als Miguel und ich durch das Tor kamen, hob Dona Maria sofort den Kopf und suchte uns mit ihren blicklosen Augen. »Bist du es, Miguel? Bringst du Sinaline mit?«

Ich versuchte zu lachen und meiner Stimme einen fröhlichen Klang zu geben. »Woher wissen Sie, dass ich da bin?«

Sie streckte mir ihre Hand entgegen und zog mich mit heiterem Lächeln neben sich auf die Bank. »Ich erkenne dich an deinem Schritt.«

Eingehend betrachtete ich sie. Das Tageslicht ließ die Narben auf ihren Wangen hart und deutlich hervortreten. Sie wirkten wie schwarze, in die Haut eingestreute Körner. Obgleich die Frau mich nicht sehen konnte, wandte ich befangen den Blick ab.

»Wie können Sie nur solche Sachen sticken?«, fragte ich erstaunt und berührte den auf ihren Knien liegenden Schal.

Meine Verwunderung schien sie zu belustigen. »Das ist ganz leicht! Du siehst, ich habe hier Fäden von verschiedenen Strukturen. Jede Struktur entspricht einer bestimmten Farbe. Ich nehme einen Wollfaden zwischen die Fingerspitzen ... so! und erkenne gleich, welche Farbe er hat. Dieser hier zum Beispiel ist gelb, nicht wahr?«

»Stimmt!«, rief ich bewundernd aus.

Doña María lachte. »Sicher hast du Durst. Miguel wird dir etwas zu trinken bringen.«

Ich wusste, dass sie das Wasser aus dem Brunnen schöpften und es in Tonkrügen aufbewahrten, sodass es auch ohne Eisschrank frisch und kühl blieb.

Während Miguel im Innern des Hauses verschwand, wanderte mein Blick durch den Innenhof. Der Mauer entlang wuchsen Spalierobst und Kletterpflanzen. In großen Tongefäßen blühten Rosen, Hibiskus und andere exotische Gewächse, deren Namen ich nicht kannte. Einige Hühner pickten im Gras umher, während ein Pfau mit verblichenem Gefieder – er sei schon sehr alt, hatte mir Miguel gesagt – sich erfolglos bemühte ein Rad zu schlagen. Ich sah auch einige Tauben und einen Schwarm kleiner schwarzer Vögel. Sie flatterten auf, als der Schäferhund über den Hof kam, sodass die leuchtend rote Unterseite ihrer Flügel sichtbar wurde.

»Chico! Komm her!«, rief ich und schlug mir aufs Knie. Chico tappte mit hängender Zunge die Stufen herauf und ließ sich wohlwollend streicheln. Ich hatte jetzt keine Angst mehr vor ihm. Er beschnupperte meine Beine und streckte sich dann mit einem Seufzer im kühlen Schatten aus.

»Chico erkennt schnell seine Freunde«, sagte Doña María. Sie nahm ihre Arbeit wieder auf. Gebannt betrachtete ich ihre geschickten Finger, die die Nadel mit traumwandlerischer Sicherheit führten, während die Augen starr ins Leere blickten.

»Man könnte meinen«, entfuhr es mir, »Sie hätten Augen an den Fingerspitzen!«

Doña María brach in ihr spontanes, mädchenhaftes Lachen aus. »Weißt du, dass Miguel mir dasselbe auch schon gesagt hat?«

Ich lehnte den Nacken an die warme Wand. Die Eidechse – von meiner Bewegung gestört – verschwand mit einem Ruck in einer Nische.

»Doña María«, sagte ich, »wir fliegen übermorgen ab.«

Sie ließ ihre Arbeit sinken und wandte mir ihr bestürztes Gesicht zu. »Schon übermorgen? Weshalb denn?«

Ich erklärte es ihr und fügte verzweifelt hinzu: »Dabei würde ich so gern hier bleiben! Aber ich fürchte . . . es geht nicht!«

Doña María nickte. »Du musst mit deiner Mutter gehen. Sei nicht traurig. Du wirst wiederkommen.«

Eine Biene summte nahe an meinem Gesicht vorbei. Ich scheuchte sie weg. Wieder kamen mir die Tränen und ich biss mir ärgerlich auf die Lippen. Diese ewige Heulerei!

Doña María zupfte nachdenklich an den bunten Fäden. »Seit Miguel dich getroffen hat, ist er anders geworden. Er ist weniger ernst. Er lacht häufiger. Sogar seine Stimme klingt anders.«

Ich schwieg und starrte vor mich hin.

Doña María fuhr nachdenklich fort: »Er hat mir nie erklären wollen, was er nach dem Unterricht tut. Manchmal ängstigt mich seine Verschwiegenheit. Ich bin seine Mutter und könnte ihn zur Rede stellen. Aber ich will ihn nicht vor den Kopf stoßen. Hat er dir nie etwas davon erzählt?«

Ich spürte, wie meine Hände feucht wurden. Du liebe Zeit, was sollte ich antworten?

»Nein«, hauchte ich und wäre am liebsten aufgesprungen und davongerannt.

»Miguel ist noch jung«, erklärte Doña María. »Verzeih, wenn ich es sage, aber die vielen Touristen geben unserer Jugend kein gutes Beispiel. Außerdem haben das Fehlen von Lehrkräften, Landflucht, Angst vor Arbeitslosigkeit ein Klima des Unbehagens geschaffen. Miguel wird dir gesagt haben, dass unsere finanzielle Lage schlecht ist. Ich weiß, er will mir helfen, und ich vertraue ihm. Aber manchmal fürchte ich, dass er sich zu Handlungen verführen lassen könnte, die er später bereuen wird . . .«

»Nein, das glaube ich nicht!«, rief ich heftig aus. »Ich versichere Ihnen, dass Miguel nichts tut, weshalb er sich schämen müsste.«

»Ach!«, meinte Doña María mit sonderbarer Miene. »Er hat dir also doch etwas gesagt . . .«

In diesem Augenblick trat Miguel aus dem Haus. Auf einem Tablett trug er einen Krug aus Steingut und drei Becher. Er musste die Worte seiner Mutter gehört haben, denn er warf mir einen warnenden Blick zu und schüttelte leicht den Kopf. Laut sagte er: »Willst du Sabrina die Abreise erleichtern, indem du ihr glaubhaft machst, ich plante einen Überfall?«

»Hijo«, sagte Doña María vorwurfsvoll, »du weißt, dass ich mir Sorgen mache.« Aufseufzend nahm sie den Becher, den Miguel ihr reichte, und führte ihn an die Lippen. »Wenn du abends heimkommst«, fuhr sie nachdenklich fort, »ist dein Haar feucht und deine Haut schmeckt nach Salz. Ich frage mich manchmal . . .«

Wir wechselten einen betroffenen Blick. Trotz der hellen Sonne sah ich, wie Miguel erbleichte. Er stellte den Krug langsam auf den Tisch.

»Du fragst dich . . . was?«, sagte er rau.

Doña María schüttelte zerstreut den Kopf und murmelte: »Ich frage mich, weshalb du so spät noch im Meer schwimmst. Deine Arbeit muss dich wohl sehr schmutzig machen.«

Ich atmete erlöst auf und Miguel wischte sich mit dem Handrücken über die feuchte Stirn.

»Madrecita!«, flehte er. »Du hast versprochen dich nicht zu ängstigen. Ich verkaufe kein Heroin, gehe nicht auf den Strich und klaue auch keine Travellerschecks!«

Doña Marías Gesicht wirkte wieder ruhig. Sie lachte etwas verlegen. »Siehst du? So ist er immer! Alles, was er zugegeben hat, ist, dass er für die Touristen arbeitet. Er ist doch wohl nicht Schuhputzer geworden?«

Ich stimmte in ihr Lachen ein, obwohl mir ganz und gar nicht danach zu Mute war. Miguel machte eine Handbewegung, als wollte er sagen: »Lass es gut sein!«, und setzte sich mit seinem Becher auf die Stufen vor der Terrasse. Ich lehnte noch immer an der Wand, trank das Wasser mit dem seltsamen Pflanzengeschmack und spürte, wie ich mich langsam entspannte. Die wohltuende Stille, der kühle Becher in meiner Hand, der Geruch von Holzkohle, das Zwitschern der Vögel wurden Bestandteile eines Einklanges, der in mir ein Gefühl des Friedens und des Glücks auslöste.

Plötzlich spitzte Chico die Ohren und knurrte. Er ließ ein kurzes Kläffen hören, dann streckte er sich beruhigt wieder auf den Steinen aus. Doña María hatte den Kopf gehoben. »Kommt da jemand?«, fragte sie.

Miguel stand rasch auf und blickte über den Hof. Eine weiß gekleidete Gestalt näherte sich dem Tor. Miguels erstaunte Augen wanderten zu seiner Mutter zurück.

»Laureano!«, sagte er. »Um diese Zeit?«

Doña María nickte, ohne von ihrer Stickerei zu lassen. »Ich habe ihn kommen lassen.«

Miguel sah zu mir herüber. Ich spürte, dass er verwirrt war. Mein Herz klopfte. Endlich würde ich den geheimnisvollen Musikanten wieder sehen! Alles, was mir Miguel über ihn erzählt hatte, kam mir erneut in den Sinn, als Laureano das Tor aufstieß und mit langen elastischen Schritten auf uns zukam. Er war groß gewachsen, hager und trug ein weißes Hemd und weiße Baumwollhosen, die an den Knöcheln mit Bändern befestigt waren. Seine dunkelbraunen, gelenkigen Füße steckten in den landesüblichen Sandalen. Die rote Schärpe war um seine Taille geschlungen. Eine handgewebte Tasche mit schwarzblauem indianischem Muster hing ihm über die Schulter.

Ich saß da wie gelähmt und starrte ihm entgegen. Vor der Terrasse blieb Laureano stehen und nahm den verbeulten Strohhut ab, der sein Gesicht verbarg. Aus einem dunklen, ebenmäßigen Antlitz blickten mich die erstaunlichsten Augen an, die ich je gesehen hatte: tiefschwarz und doch von einer solchen Klarheit, dass sie fast durchsichtig schimmerten. Ich hätte nicht sagen können, ob dieser Mensch zwanzig oder vierzig Jahre alt war. Sein schwarzes Haar fiel ihm in die Stirn. Die eingefallenen Wangen waren faltenlos, die Nase schön geformt, die Lippen spöttisch. Und doch ließ etwas in seinem Ausdruck, in seiner Haltung ahnen, dass man einem Mann gegenüberstand, der lange und intensiv gelebt hatte.

Eine plötzliche Schwäche überkam mich. Wieder hatte ich das Verlangen, die Flucht zu ergreifen. Doch ich bezwang meine Erregung und erwiderte seinen Blick. Ich spürte, dass mir der Schweiß ausbrach. Wie in einen Nebel gehüllt hörte ich Doña María in einer unbekannten Sprache sprechen. Ich hatte mich inzwischen an die spanische Sprache gewöhnt, aber diese sanften Kehllaute waren mir fremd. Laureano antwortete im gleichen Tonfall. Seine Stimme tönte wie ein tiefer, sehr dunkler Glockenton, wobei er mich nicht aus den Augen ließ. Ich hatte das verwirrende Gefühl, dass er in mir lesen konnte wie in einem offenen Buch.

Befangen wandte ich mich an Miguel. »Was ist das für eine Sprache?«

»Es ist Nahuatl, die alte Sprache der Azteken. Sie wird heute nur noch in wenigen Dörfern gesprochen. Man lehrt sie aber auch an der Universität«, setzte er hinzu.

»Sprichst du sie auch?«, wollte ich wissen.

»Ein wenig, ja.«

Laureano fuhr fort mich unverfroren und bohrend anzustarren. Der Anflug eines spöttischen Lächelns zuckte um seine Mundwinkel. Ich hob das Kinn und starrte zurück. Der sollte sich bloß nicht einbilden, dass er mich einschüchtern konnte!

Wieder begann Doña María lebhaft und ungezwungen zu reden, wobei sie wiederholt auf mich wies. Laureanos Augen blitzten hart auf, während er nachlässig ein paar verächtliche Worte fallen ließ. Ich wollte wissen, um was es in dem Gespräch ging, und zupfte Miguel ungeduldig am Arm.

»Worüber reden sie?«

»Meine Mutter bittet Laureano, für dich die Chimiria zu spielen.«

»Für mich?«, rief ich fassungslos.

»Ja. Sie fühlt, dass du Kummer hast. Die Chimiria soll dir helfen deinen Schmerz zu überwinden.«

Ich war wie vor den Kopf geschlagen.

»Und was sagt Laureano dazu?«

»Er meint, das sei nur Zeitverschwendung, weil Fremde nicht an die Flöte glauben. Aber er wird meiner Mutter gehorchen.«

»Spricht Laureano eigentlich kein Spanisch?«, fragte ich ungehalten.

»Nur, wenn er will.«

»Er scheint jetzt gerade nicht zu wollen«, knurrte ich. Der Mann war wirklich sehr anmaßend! Immerhin war ich beeindruckt und vor allem sehr neugierig.

»Also gut«, sagte ich und lehnte mich bequem zurück.

»Jetzt wird er mal für mich spielen!«

Ich sah zu, wie Laureano seinen Hut auf den Boden legte und sich gelenkig auf die Stufen setzte. Dann ließ er die Tasche von der Schulter gleiten, öffnete sie und zog die Chimiria hervor. Er stimmte das mit Glassplittern verzierte Instrument und schlug mehrere Male mit dem Mundstück gegen seinen Daumen.

»Die Flöte hat er selbst aus einem besonderen Schilfrohr geschnitzt«, erklärte mir Miguel.

»Sie sieht aus wie ein Spielzeug«, sagte ich geringschätzig. Da hob Laureano die Flöte an seinen Mund. Schon beim ersten Ton, den er dem Instrument entlockte, spürte ich eine Gänsehaut. Die Noten entstiegen dem Rohr wie ein Windhauch der Luft. In seiner Klarheit beschwor das Klanggewebe die Stille des Himmels herauf, den Frieden der Abenddämmerung, das Rauschen der Palmen. Dann stürmten die Töne voran: Vor meinem geistigen Auge sah ich das Schaukeln des Meeres, das Anrollen der Brandung. Der Wind pfiff, die See schäumte und brodelte. Der Hof schien sich in nichts aufzulösen; selbst Miguels vertrautes Gesicht verschwand im weißlichen Nebel. Kraftlos, gebannt, starrte ich auf den Mann, dessen Finger und Lippen jetzt eine sanfte, liebliche Melodie webten. Verzaubert lauschte ich den trillernden Klängen. Alles Getue, der Kleinkram, die Hektik, die bis jetzt mein Leben angefüllt hatten, entschwanden meinem Bewusstsein und machten einem Gefühl der Gelassenheit Platz. Ähnlich wie Schlaf umfing mich eine unbestimmte und wohltuende Müdigkeit. An die Wand gelehnt, die Augen halb verschlossen, überließ ich mich dieser sanften Ruhe, bis ich plötzlich in mir selbst eine seltsame Leere spürte: Es war die Leere meines eigenen Herzens. Ich wusste, dass nur ich selbst durch Gefühle, Empfindungen und Erfahrungen diese Leere füllen konnte und dass es die Aufgabe meines ganzen Lebens war . . .

Auf einmal trat Stille ein. Schlagartig kehrte ich in die Wirklichkeit zurück, spürte die Beschaffenheit der Wand, an der ich lehnte, der Bank, auf der ich saß. Ich hörte, wie Chico sich geräuschvoll kratzte. Der Zauber war gebrochen.

Meine Blicke kehrten zu Laureano zurück. Er hatte die Flöte von den Lippen genommen und sah mir voll ins Gesicht. Ich vermeinte in seinen Augen einen Schimmer von Ironie zu erkennen und fühlte mich verpflichtet einen Kommentar abzugeben.

»Danke«, sagte ich spröde. »Sie spielen wirklich sehr gut.« Die spöttischen Falten vertieften sich um seine Mundwinkel. Ich konnte mir seine Abneigung nicht erklären.

Miguel richtete sich auf und ergriff meine Hand. Seine Bewegung war etwas herausfordernd. »Ich glaube, wir sollten gehen. Ich bringe Sabrina ins Hotel zurück.«

Ich versprach Doña María noch einmal zurückzukommen, um mich von ihr zu verabschieden. Sie reichte mir die Hand. Ein zärtliches Lächeln umspielte ihre Lippen. »Jetzt wirst du keinen Kummer mehr haben!«

»Da bin ich nicht so sicher!«, entfuhr es mir. Ich hatte nicht ihre Seelenstärke und kam mir ziemlich schäbig vor, aber es brauchte mehr als ein bisschen Musik, um mich zu trösten! Laureano bedachte ich mit einem Kopfnicken, er aber stimmte seine Flöte und beachtete mich kaum. Als wir durch das Tor traten, hörte ich erneut die sanften, verzauberten Töne durch die Stille des Nachmittages schweben. Ich fröstelte trotz der Hitze.

»Laureano hasst mich, nicht wahr? Wenn ich nur wüsste, warum!«

»Du bist eine Fremde«, erklärte Miguel. Seine Stimme klang etwas traurig. »Die Mexikaner haben es noch nicht vergessen, dass das alte Aztekenreich von den Spaniern erobert und vernichtet wurde.«

»Aber das liegt doch schon Jahrhunderte zurück!«

»Ja. Aber die Auswirkungen haben sehr viel Unheil angerichtet. Und wir stehen noch heute unter dem wirtschaftlichen und politischen Druck der Großmächte.«

»Ach, die Politik!«, sagte ich wegwerfend.

Miguel nickte. »Zum Glück wissen viele Menschen, dass man Politik nicht mit persönlichen Gefühlen in Verbindung bringen sollte. Aber manche Leute denken noch sehr einseitig.«

»Und Laureano?«

»Laureano ist ein Fall für sich«, sagte Miguel. »Er glaubt an die Götter und Geister der Ahnen und meint, dass Fremde uns Unglück bringen.«

»Und dazu gehöre auch ich?«

Miguel streichelte beruhigend meine Hand.

»Auch du«, erwiderte er leise. »Aber mach dir nichts daraus!«

Eine Frage beschäftigte mich noch. »Weiß Laureano eigentlich, dass du jeden Abend von den Klippen springst?«

Miguels Antwort kam zögernd. »Ich habe nie mit ihm darüber gesprochen. Aber ich bin sicher, dass er es weiß. Er hat den ›zweiten Blick‹.«

»Was heißt das?«

»Er liest im Wurf der Kiesel, im Flug der Vögel und in den Herzen der Menschen. Er weiß alles, was anderen verborgen bleibt.«

Seine Erklärung kam mir leicht übertrieben vor. Trotzdem versuchte ich vergeblich mein Unbehagen loszuwerden.

»Dann hätte er ja längst herausfinden müssen, dass ich nichts Böses im Sinn habe und dir keinesfalls Unglück bringen will!«

Miguel schüttelte beschwichtigend den Kopf. »Wegen Laureano würde ich mir an deiner Stelle nicht allzu viele Gedanken machen.«

Ich lachte ohne Überzeugung. »Bist du sicher, dass der Mann nicht spinnt?«

Ein Schatten glitt über Miguels Gesicht. Er drückte meine Hand noch fester. »Vielleicht war es falsch, dass meine Mutter ihn heute kommen ließ . . .«

14

Seit dem Morgen irrte Mama in ihrem weißen Bademantel durch den Bungalow und horchte auf das Surren des Telefons. Sie hatte die ganze Nacht kein Auge zugetan und ihre Laune war dementsprechend. Am besten ging ich ihr aus dem Weg.

Sobald das Telefon läutete – was ungefähr alle fünf Minuten der Fall war –, spähte sie zu Mable hinüber, die kühl wie ein Eiszapfen das Handy zum Ohr führte, »Hallo!« sagte, dann zu Mama hinüberschaute und den Kopf schüttelte. Nach jeder neuen Enttäuschung stöhnte Mama gequält auf. Schließlich hörte ich sie jammern: »Ich habe Magenkrämpfe!« Und ich, die den Mund nicht halten kann, kommentierte: »Wahrscheinlich kannst du wieder nicht aufs Klo. Nimm doch ein Abführmittel!«

Mama hatte heute keinen Sinn für Humor. Vor allem nicht für den meinigen.

»Diese taktlosen Bemerkungen könntest du dir sparen!«

»Aber ich kann doch nichts dafür. Immer wenn du dich aufregst, leidest du an Verstopfung!«

»Was geht das dich an?« Mamas Stimme klang immer gereizter. »Du solltest eigentlich wissen, was diese Auszeichnung für mich bedeutet! Wie hart ich dafür arbeiten musste. Welche Disziplin ich auf mich genommen habe.

Aber von diesen Dingen hast du ja keine Ahnung. Arbeit und Disziplin sind für dich Fremdwörter.«

Sie wühlte mit zitternden Händen in ihrer ungekämmten Haarpracht. Ich verbiss mir diesmal eine vorlaute Antwort. Rücksicht war nie meine Stärke, aber plötzlich sah ich die Sache anders. Ich wusste, dass Mama monatelang ihr Bestes gab, sich mit ihrer Rolle vollständig identifizierte. Sie verließ jeden Morgen um fünf das Haus, kam selten vor Mitternacht von den Dreharbeiten heim. Trotz Müdigkeit und Gereiztheit musste sie stets auf Draht sein. Sie war eine ernst zu nehmende Schauspielerin, das hatten inzwischen auch die Kritiker anerkannt. Sie brauchte die Auszeichnung für ihre Selbstbestätigung und ich gönnte sie ihr, aber ich brachte es nicht über mich, es ihr zu sagen.

Ich blätterte missmutig in einem Comic, als das Handy abermals läutete. Es war Joe Arbuckle, Mamas Produzent. Mable hielt Mama den Hörer hin und ich sah in meiner Erinnerung einen Glatzköpfigen mit dicker Hornbrille, der unter Mundgeruch litt. Hinter Mamas Rücken hob Mable den Arm und machte mir triumphierend das Victory-Zeichen. Sieg!

»Joe?«, hauchte Mama mit erstickter Stimme. »Aber natürlich bin ich schon wach. Was gibt es Neues?« Sie hörte atemlos zu. Dann glitt über ihr Gesicht ein seliges Lächeln, während sich mir unwillkürlich die Kehle zuschnürte.

»Oh, Joe!«, flüsterte Mama. »Ich kann es kaum glauben!« Sie wiederholte noch einige Male »Ja . . . selbstverständlich!« und legte dann den Hörer auf. Ihre Augen strahlten. Da ging Mable schon auf sie zu und schloss sie in die Arme.

»Herzlichen Glückwunsch, Dorothy! Du hast es verdient.«

»Oh, Mable! Ich danke dir!« Mamas Stimme hörte sich tränenerstickt an. »Ohne dich hätte ich es nie geschafft.«

»Quatsch«, sagte Mable, die selten ihre Gefühle zur Schau stellte. »Ich habe immer gewusst, dass du mehr als ein Star bist!«

Mama brach in nervöses Lachen aus und wischte sich über die nassen Augen.

»Champagner!«, rief sie plötzlich. »Wir müssen anstoßen!«

»Wir haben welchen im Eisschrank«, fügte Mable hinzu. Sie holte die Flasche und öffnete sie gekonnt. Ich brachte inzwischen Gläser. Der weiße Schaum schoss aus dem Flaschenhals, die ersten Tropfen spritzten auf den Teppich. Mable füllte die Gläser und wir stießen an.

»Auf Dorothy!«

Ich lächelte Mama verkrampft zu. »Ich bin ja so froh für dich!«

»Ach, Sina!«, seufzte sie. »Ich kann es noch gar nicht fassen!«

Der Champagner kitzelte mir in der Nase, ich musste niesen. Mama lachte und umarmte mich. Ich stürzte den Rest hinunter. Lieber wollte ich beschwipst sein als meine Gefühle wahrzunehmen. Ich hatte Lust, zu heulen wie ein Baby oder – schlimmer noch – mit den Füßen zu stampfen. Aber wozu?

Wir hatten kaum ausgetrunken, da ging das Theater auch schon los. In den Fernsehstudios und in den Zeitungsredaktionen liefen die Faxgeräte heiß. Das Telefon läutete fast ununterbrochen. Mable verständigte die Hoteldirektion. Es ging um die Pressekonferenz, die heute Abend auf der Terrasse stattfinden sollte. Die Idee stammte von Mama. Sie dachte an die herrliche Kulisse, die Meer und Felsen für die Aufnahmen abgeben würden. Mable bestellte ein kaltes Buffet und die beste Band von Acapulco – natürlich alles auf Kosten der Filmgesellschaft.

Bald trafen die ersten Blumen ein. Riesige Körbe voller Rosen, Kameliensträuße und Orchideen begannen die Räume zu füllen. Mir wurde fast übel von dem süßen Duft. Telegramme stapelten sich.

Eine der ersten Depeschen war von Papa. Mama reichte mir das Papier mit einem leicht ironischen Zug um den Mund.

»Freue mich über deinen Erfolg. Alle meine Glückwünsche. Ted.«

Enttäuscht drehte und wendete ich das Telegramm nach allen Seiten, als wollte ich einen Satz entdecken, der natürlich nicht draufstand.

»Was machst du denn für ein Gesicht?«, hörte ich Mama fragen. »Stimmt etwas nicht?«

»Er hatte doch versprochen zu kommen!«, sagte ich unglücklich.

Mamas Stimme klang plötzlich schrill. »Deinem Vater ist es völlig gleichgültig, ob ich Erfolg habe oder nicht. Seine eigene Karriere ist ihm wichtiger.«

Ihre Worte trafen mich hart, obwohl ich wusste, dass sie die Wahrheit sagte. So ist das in der Filmwelt. Jeder denkt nur an seinen eigenen Vorteil. Zugeständnisse sind ein Zeichen von Schwäche. »Du wirst auch so werden!«, flüsterte mir eine innere Stimme zu. Nein, nein – ich blickte jetzt durch und lehnte mich dagegen auf. Ich will anders sein! »Hat . . . hat Mable dir nichts gesagt?«, stotterte ich.

Mama strich sich eine Creme ins Gesicht und klopfte sie mit raschen Bewegungen der Fingerspitzen in Stirn und Wangen ein.

»Was denn?«, fragte sie zerstreut.

Ich schluckte verzweifelt. »Ich . . . ich will noch ein paar Tage hier bleiben!«

Sie hielt inne und schaute mich verwundert und ungeduldig an. »Hier bleiben? Du bist wohl nicht ganz bei Trost! Unser Flugzeug startet morgen um halb zehn!«

Mable steckte den Kopf durch den Türspalt. »Dorothy, der Friseur ist da!«

»Lass ihn herein!«, rief Mama lebhaft. Sie streckte den Arm aus und schob mich nervös beiseite. »Schluss jetzt, Sina! Belästige mich nicht mit Kindereien!«

Der Friseur trat ein, lächelnd, dienstbeflissen, er roch nach Haarfestiger. Eine junge Gehilfin in blauem Kittel folgte mit einem Maniküre-Set. Ich schlich durch die halb offene Tür wie ein geprügelter Hund. Was hatte ich hier noch zu suchen?

15

Ich schwamm in geringer Tiefe um die Felsen herum und öffnete beim Tauchen die Augen. Meerespflanzen wogten hin und her, der auf den Wellen schwimmende Schaum warf bewegliche Schatten auf den Sand. Ein Fischschwarm schoss fächerförmig an mir vorbei. Ich kam wieder an die Oberfläche und kraulte nahe am

Ufer. Die Schatten der Palmen glitten über mein Gesicht, meine Arme und Hände leuchteten abwechselnd grün und weiß auf. Schließlich ermüdet, ließ ich mich von einer seichten Welle ans Ufer tragen, zog mich an einem Felsen hoch. Und während der warme Wind meine Haut trocknete, fühlte ich, wie der Schmerz mich erfasste. Er war wie eine Wunde, die sich langsam und lautlos in mir öffnete. Ich lehnte den Kopf auf die nassen Arme und dachte verzweifelt: Was soll nur aus mir werden?

Kurze Zeit später kam Miguel. Ich sah ihn schon von weitem, wie er oben auf der Straße zwischen den Autos hindurchlief. Er trug seine Schülermappe unterm Arm. Der Wind zerzauste sein weiches, glattes Haar, während er mir zärtlich den Arm um die Schulter legte.

»*Qué pasa?*« (Was ist los?), fragte er auf Spanisch.

Ich seufzte abgrundtief. »Heute Morgen kam der Anruf von der Jury aus Hollywood. Meine Mutter hat die Filmauszeichnung erhalten.«

Einige Atemzüge lang standen wir uns schweigend gegenüber.

»Dein Flugzeug? Wann geht es?«, fragte schließlich Miguel. »Morgen um halb zehn.«

Er starrte vor sich hin. Seine Züge waren angespannt, seine Augen verdunkelt. Plötzlich ergriff er meine Hand. »Komm! Ich will dir etwas zeigen.«

Ich folgte ihm wortlos. Wir verließen den Strand und gingen durch den Garten. Unter den großen Bäumen war es windstill. Um diese Tageszeit hörte man nicht einmal das Summen der Insekten. Die Farben der Blumen waren wie ausgelöscht in der Mittagssonne und die Kakteen wirkten wie graue Schemen. Unsere Schritte knirschten auf dem Kiesweg, der in die Bucht führte. Der Pfad schlängelte sich die Felswand entlang. Mit einem Mal wurde er breiter und unsere Füße versanken im Ufersand und die zurückflutenden Wassermassen gaben zwischen schwarz glänzenden Felszacken Korallengewächse und Tang frei. Die See saugte sich an den Steinen fest. Dann hob sich das Meer wieder – die Wasser stiegen, Tang wirbelte hoch und die Wellen schlugen schäumend über den Felsen zusammen.

Mit zugeschnürter Kehle sagte ich: »Hier springst du, nicht wahr?«

Miguel nickte. Meine Augen hoben sich zu den Klippen, die sich turmhoch über der Bucht im funkelnden Lichtkreis des Himmels abhoben.

»Weshalb hast du mich hierher geführt?«, fragte ich, als Miguel immer noch schwieg.

Er warf seine Schulmappe auf den Boden und wandte mir den Rücken zu. Es war das erste Mal, dass ich ihn so verstört sah. Ich trat zu ihm und legte ihm die Hand auf den Arm. Er legte seine Hand auf meine. Seine Finger waren feucht vor Schweiß.

»Seit mehr als vier Monaten springe ich nun jeden Abend«, sagte er mit erstickter Stimme. »Eigentlich sollte ich es inzwischen gewöhnt sein. Aber seit gestern habe ich Angst.«

Er stockte. Plötzlich überfiel mich ein tiefer, verwirrender Schrecken. Es war, als ob die Welt sich verdunkelte.

»Angst?«, flüsterte ich. »Wovor hast du denn Angst?« Ich sah nur sein Profil. Er starrte mit eigenartigem Ausdruck ins Leere.

»Oben auf der Klippe steht ein Steinaltar mit einer

Muttergottesfigur. Aber die Indianer sagen, dass diese Figur in Wirklichkeit die Aztekengöttin Tonantzin darstellt. Jedes Mal, bevor wir springen, zünden wir ihr zu Ehren eine Kerze an.«

»Ja«, sagte ich leise. »Ich weiß.«

Das Gesicht abgewandt, fuhr Miguel fort: »Gestern Abend, als ich die Kerze anzündete, kam ein Windstoß auf und die Flamme erlosch. Meine Gefährten erschraken. Sie meinten, das sei ein böses Omen. Ich zeigte mich unbeeindruckt, aber als ich hoch oben über dem Abgrund stand, kam er mir wie ein Strudel vor, der mich in die Tiefe zog. Und beim Springen hatte ich das Gefühl, in die Finsternis eines Grabes zu tauchen . . .«

Eine Gänsehaut lief mir über den Rücken. »Aber dir ist doch zum Glück nichts passiert!«

»Gestern Abend nicht«, sagte er gepresst. »Aber die Angst ist immer noch da.«

Ich packte ihn an den Schultern. »Du sollst nicht mehr springen, hörst du? Gib diesen wahnsinnigen Job auf, noch heute!«

Traurig schüttelte er den Kopf. »Das geht nicht. Ich habe einen Vertrag für die Sommersaison unterzeichnet.«

»Quatsch!«, rief ich ungehalten. »Löse den Vertrag auf! Die Hoteldirektion wird schon einen Ersatzmann für dich finden.«

Er schwieg. Ich zwang ihn mich anzusehen und schüttelte ihn fast. »Hör endlich auf dein Leben aufs Spiel zu setzen!«

»Und dann?«, sagte er bitter. »Woher nehme ich das Geld? Meine Mutter braucht teure Medikamente. Und wovon sollen wir leben? Einen neuen Job finde ich nicht von heute auf morgen!« Er fuhr sich mit der Hand über die klebrige Stirn. »Angst entsteht nur aus Einbildung. Ich muss versuchen sie loszuwerden.«

Pass auf!, dachte ich. Ich darf ihn jetzt nicht entmutigen.

»Die Sache mit der Kerze war doch reiner Zufall!«, begann ich.

»Vielleicht«, sagte Miguel. »Ja, wahrscheinlich hast du Recht . . .«

»Versprich mir bitte«, sagte ich eindringlich, »dir sofort einen anderen Job zu suchen und die Sache aufzugeben, sobald du ihn hast.«

Statt einer Antwort schloss er die Augen, so langsam, dass diese einfache Bewegung einem Versprechen gleichkam.

Ich versuchte zu lächeln.

»Es ist schon hart genug, dass wir uns trennen müssen. Ich will mir nicht noch obendrein Sorgen um dich machen!«

»Das sollst du auch nicht«, flüsterte er zärtlich.

Ich senkte den Kopf. »Wirst du mir schreiben?«

»Natürlich«, sagte er. »Jeden Tag.«

Schweigend standen wir uns gegenüber. Das, was wir in unserem Herzen fühlten, machte Worte überflüssig. Doch um uns herum rauschte und zischte das Wasser, und von der Einsamkeit des Meeres ging eine Betäubung aus.

Ich fröstelte trotz der Hitze und zog mir den Bademantel fester um den Körper.

»Wie lange hast du noch Zeit?«

Er sah auf die Uhr. »Ich muss gleich wieder weg.« Unglücklich starrte er mich an. Mir fiel auf, wie fahl seine Haut wirkte.

»Du sagst, dass du abreist . . . Sehe ich dich vorher noch?«

Ich stellte mir unseren Bungalow vor. Das hektische Durcheinander. Die Anrufe. Die Telegramme. Die Blumen. Meine Mutter bereitete sich auf den großen Auftritt vor und Mable empfing die Reporter. Mein Entschluss fiel blitzschnell.

»Heute Abend gibt meine Mutter eine Party. Sieh zu, dass du die anderen loswirst, und warte dann auf mich. Ich . . . ich will mit dir zusammen sein!«

Seine Augen leuchteten auf. »Geht das?«

»Ja. Die Party kann mir gestohlen bleiben! Und meine Mutter wird kaum merken, dass ich nicht da bin.«

Er neigte den Kopf, sodass meine Stirn dicht unter seinen Lippen lag. »Ich erwarte dich vor dem Hotel.«

Ich hob das Gesicht, um ihn anzulächeln. Doch sein Blick ging an mir vorbei und richtete sich auf die Meereswogen, die wie flüssiges Blei in der Mittagshitze funkelten.

16

Auf der Terrasse wimmelte es von Presseleuten und Fotografen. Die Techniker der mexikanischen Fernsehgesellschaft legten Kabel und machten Scheinwerferproben. Die Gäste in Cocktailkleidern und Smoking standen in Gruppen herum und warteten darauf, das kalte Buffet zu stürmen. Der eine oder andere langte verstohlen nach einer Melonenscheibe oder einem Kaviarschnittchen. Kellner schlängelten sich durch das Gedränge, wobei sie die Tabletts mit den Gläsern über ihren Köpfen geschickt balancierten. Die Musiker – heute in Goldlamé – hämmerten auf dem Schlagzeug herum, schmusten mit der Gitarre und entlockten dem Saxofon seine schmachtendsten Töne.

Mama nahm sich Zeit, wie es sich für einen berühmten Filmstar gehörte. Mich schickte sie mit den Worten aus dem Zimmer: »Geh und hör mal, wie die Stimmung ist!«, während sie sich – noch im Unterkleid – die Brauen nachzog. Bei besonderen Anlässen schminkte sich Mama am liebsten selbst. Sie fand, dass die Visagisten ihren Typ nicht immer richtig zur Geltung brachten.

Ich bahnte mir einen Weg durch die Menge, wobei ich einigen Leuten auf die Zehen trat, und verdrückte mich in eine Ecke der Balustrade. Ich trug ein schwarzes Minikleid und dazu passende Ballerinas. Mein frisch gewaschenes Haar fühlte sich seidig an. Zum Glück kannte mich kaum jemand. Außerdem machte ich ein saures Gesicht, damit keiner auf den Gedanken kam, mich in ein Gespräch zu verwickeln. Ich war nicht in der Verfassung, zu reden. In allem, was ich sah, hörte oder berührte, suchte ich nur Miguel, sein Bild und die Erinnerung an ihn.

Kaum zu glauben, dass ich schon in vierundzwanzig Stunden zweitausend Kilometer von ihm entfernt sein würde! Wie sollte ich das verkraften? Seit unserer ersten Begegnung – das wusste ich jetzt – hatte Miguel mir etwas ungeheuer Wichtiges gegeben: das Gefühl, jemand zu sein und Boden unter den Füßen zu haben. Aber ich hatte Angst, dass ich ohne ihn wieder weich wurde, mich gehen ließ und mich selbst verachtete.

Ich werde ihm schreiben, dachte ich, oder jeden Tag

anrufen und meinen Vater die Rechnung bezahlen lassen. Aber das geht ja nicht: Miguel hat ja kein Telefon.

Die Sonne sank. Der Himmel färbte sich lila. Bald würden die Springer die Felswand erklettern. Heute Abend sah sicher kein Mensch zu. Ausgerechnet meine Mutter würde ihnen die Schau stehlen! Warum fällt die Vorstellung nicht aus? Aber nein! »The Show must go on« – dieser Grundsatz galt offensichtlich nicht nur in der Filmbranche, sondern auch für die Touristenwerbung!

»Sabrina Ferber!«, schrie mir in dem Moment eine Stimme ins Ohr. Ich fuhr zusammen. Ein Radioreporter hielt mir ein Mikrophon vors Gesicht. Jemand musste ihm gesagt haben, wer ich bin. Da hatte ich die Bescherung. Vor mir stand ein kleiner Mann mit einer dicken Brille, der mir seinen Atem ins Gesicht blies. Er stank nach Gin.

»Meine Damen und Herren«, plapperte er los, »schenken Sie mir bitte Ihre Aufmerksamkeit! Die reizende Tochter unseres beliebten Stars befindet sich schon unter uns. Sie wird ihnen jetzt wörtlich wiederholen, was Dorothy Ferber nach dem Telefonanruf aus Hollywood gesagt hat, als sie erfuhr, dass ihr die bedeutendste Filmauszeichnung des Jahres zuteil geworden war.«

Der Reporter hielt mir das Mikrofon unter die Nase. Jetzt, da mich die Leute entdeckt hatten, drängten sich alle um mich, schubsten sich gegenseitig und rammten sich die Ellbogen in die Rippen. Ich hatte Lust, mich in ein Loch zu verkriechen, aber ich war in der Menge eingekeilt. Verzweifelt starrte ich auf die behaarte Hand des Reporters, die das Mikrofon umklammerte, und auf seine Augen, die hinter den Brillengläsern wie seltene Fische in einem Aquarium schwammen.

»Na ja«, sagte ich spröde. »Sie war sehr gerührt. Sie . . .«

»Ja, meine Damen und Herren! Sie haben richtig vernommen!«, unterbrach mich der Reporter, wobei einige Speicheltropfen das Mikrofon benetzten. »Was für eine bewundernswerte Bescheidenheit! Sie war sehr gerührt! Und auch wir sind sehr, sehr gerührt über Dorothy Ferbers Erfolg. Der entzückende, der reizende Filmstar muss übrigens jeden Augenblick hier erscheinen . . . Nein, ich täusche mich nicht: Da ist sie endlich! Sie ist wunderbar, sie ist . . .«

Das Mikrofon pfiff und knackte, während der Reporter sich heiser schrie. Die Scheinwerfer flammten auf. Ich stellte mich auf die Zehenspitzen. Über das Gewimmel von Köpfen und Schultern hinweg sah ich endlich meine Mutter. Sie trug ein Aufsehen erregendes Kleid, pflaumenblau und korallenrot, mit weiten Flügelärmeln. Sie musste es neu gekauft haben. In Farbe und Schnitt wirkte es wie ein Bestandteil der Tropendämmerung. Ihr dichtes, honigblondes Haar fiel in weichen Wellen auf die entblößten Schultern. Sie war wirklich ungeheuer attraktiv, strahlend und selbstsicher, wie ich es nie sein werde. Ich entdeckte auch Mable, die sich diskret im Hintergrund hielt. Ihr einfaches weißes Kostüm brachte ihre dunkle Haut und ihre langen Beine wie zufällig, aber umso wirkungsvoller zur Geltung. Sie lächelte gekünstelt und ich sah sie verstohlen gähnen.

Sie hatte den ganzen Rummel ja in Schwung gebracht, wahrscheinlich hätte sie sich lieber mit »Geist und Materie« im Bett einen gemütlichen Abend gemacht.

Inzwischen verfiel das Aufnahmeteam der Fernsehgesellschaft in hektische Betriebsamkeit. Der Aufnahmeleiter, von Technikern und Helfern umringt, schleppte die Kamera auf seiner Schulter. Reporter mit Tonbandgeräten drängten sich vor. Meine Mutter lächelte gelöst der Kamera entgegen, deren mechanisches Auge ihr Bild auf die Netzhaut von Millionen Zuschauern übertragen würde. Sie bewegte sich mit geübter Anmut, während sich die großen und kleinen Linsen der Fotografen auf sie richteten. Einige Journalisten kletterten auf Stühle, um besser zum Schuss zu kommen. Die Kamera surrte, die Linsenverschlüsse klickten ununterbrochen, skandiert von dem weißen Aufleuchten der Blitzlichter. Ein Dutzend Reporter hielt Mama die Mikrofone hin. Man fragte sie nach ihren Eindrücken. Mama lachte, strich sich fotogen eine Locke aus der Stirn.

»Es ist im Grunde ganz einfach«, sagte sie mit ihrer melodischen Filmstimme. »Mein Leben ist erfüllt von dem Bemühen, das Beste zu geben. Ich habe Glück gehabt, ich habe viel erreicht. Ich hoffe, es bleibt so, dann hat sich vieles gelohnt!«

Immer die gleichen Sprüche! Sie hatte einen Vorrat für alle Gelegenheiten. Aber das wollten die Leute ja hören. Dröhnender Applaus ertönte.

Ich stand da wie auf glühenden Kohlen. Die prickelnde Atmosphäre auf der Terrasse machte mich fast rasend. Immer wieder kehrte ich dem Tumult den Rücken und spähte zu den schwarzen Umrissen der Klippen hinüber. Da! Sehr langsam, fast wie eine Liebkosung, glitten die Scheinwerfer über die Felswand und folgten den drei schmalen Gestalten, die den steinigen Hang emporkletterten.

Meine Knie zitterten. Ich beugte mich über die Brüstung, als Mamas lachende Stimme in den Mikrofonen erklang: »Da kommen die Springer! Ich möchte sie sehen!«

Siedend heiß durchfuhr es mich. Ich kannte meine Mutter. Ja, natürlich, dachte ich bebend, du möchtest mit ihnen gesehen werden! Die Darbietung der Springer soll als Kulisse herhalten, damit Dorothy Ferber für die Fernsehübertragung im günstigsten Licht erscheint.

Die Zuschauer traten zurück. Der Aufnahmeleiter lief schnaufend und gebückt neben Mama her und schleppte seine Kamera. Mamas Augen und Zähne blitzten, ihre Haut glänzte wie Perlmutt. Sie lehnte sich an die Balustrade, bot der Kamera ihr linkes Profil, das fotogener war als das rechte. Die Techniker drehten an den Scheinwerfern und schraubten die Studiolampen höher. Ich richtete fieberhaft mein Fernglas auf die Klippen. Der tastende Lichtstrahl, der die Springer begleitete, wirkte im Vergleich zu der flutenden Helligkeit auf der Terrasse düster und gelblich. Die ersten beiden Springer glitten wie Nachtschwalben durch die flimmernde Dunkelheit.

Jetzt stand nur noch Miguel am äußersten Rand der Klippen. Reglos – wie versteinert – starrte er in die Schlucht zu seinen Füßen und wartete auf die anrollende Welle. Ich hielt den Atem an. Der Leuchtstreifen des schäumenden Wassers bauschte sich über die Felsen hinweg, schwoll weiter an und glättete alles wie mit einem silbernen Tuch. Plötzlich hob Miguel die Arme über den Kopf. Die Techniker, die auf diesen Augenblick gewartet hatten, verstärkten den Scheinwerfer. Bläulicher Glanz zuckte über die Klippen. Ich sah durch das Fernglas, wie Miguel im Schwung zögerte, als weiche er vor etwas zurück. Doch da kippt er über den Rand des Abgrundes. Die Scheinwerferkegel folgen seiner Bahn, während er in schräger, unnatürlicher Haltung dem Abgrund entgegenfliegt. Im letzten Augenbück gelingt es ihm, seinen Sturz aufzufangen und in korrekter Haltung, fast senkrecht, in die Welle zu tauchen. Glitzernd gischtet das Wasser auf, brandet schäumend in die Rillen der Felsen und zieht sich langsam wieder zurück. Einige Sekunden lang herrschte Stille. Dann erscholl oben auf der Terrasse ein gellender Schrei. Hatte ich ihn ausgestoßen? Ich werde es nie wissen. Ich stand wie gelähmt, unfähig zu denken oder zu fühlen. Dann kam wieder Leben in mich. Ich fing an mir einen Weg durchs Gedränge zu bahnen. Ein sonderbares Gefühl erfasste mich, als ob ich mich endlos auf der Stelle bewegte. Es war wie im Traum, wenn man läuft und nicht vorwärts kommt. Ich hämmerte mit den Fäusten gegen hartnäckige Rücken, stolperte über Kabel und warf einen Stuhl um. Frauen und Männer traten verblüfft zur Seite. Andere rührten sich nicht, starrten mich nur an. Ich prallte mit einem Kellner zusammen, hörte das Klirren zerbrochener Gläser und durch all die wirren Geräusche hörte ich deutlich Mamas erschrockene Stimme: »Aber Sina! Bleib doch hier! Da gibt es doch nichts zu sehen!«

17

Ich stürzte an dem erstaunten Portier vorbei, rannte die Treppe hinunter, überquerte die Straße und stolperte in die Dunkelheit des Gartens. Zweige schlugen mir ins Gesicht, solange meine Augen noch geblendet waren von der Helligkeit. Ein lauer Wind wehte. Ich merkte, wie ich ins Schwitzen kam, während ich den Weg zur Bucht hinunterlief. Der Himmel war mit Sternen übersäht. Das Gurgeln und Schwappen der See, das Rauschen der aufkommenden Wellen waren immer deutlicher zu hören. Plötzlich vernahm ich Stimmen. Das schwankende Licht einer Taschenlampe blinkte auf. Im fahlen Sternenglanz sah ich die zwei Springer, die sich über eine liegende Gestalt beugten. Ich glaubte ohnmächtig zu werden. Wie ich mich auf den Beinen hielt, weiß ich nicht. Die Springer hatten mich gesehen. Das Licht ihrer Taschenlampe leuchtete mir voll ins Gesicht. Blinzelnd hob ich die Hände vor die Augen. Eine Stimme sagte auf Spanisch: *»Está la chica.«* (Es ist das Mädchen.) Der Lichtstrahl senkte sich. Ich lief zu Miguel hin und beugte mich über ihn. Seine Augen waren geschlossen. Aus seinem Mund rann ein dünner Faden Blut. Man hatte ihn mit seinem rot-schwarzen Sarape zugedeckt, den er mir so oft über die Schultern gelegt hatte.

»Was ist mit ihm?«, stotterte ich. »Ist er . . .«

»Nein, Señorita«, antwortete einer der Mexikaner in unbeholfenem Englisch. »Zum Glück konnte er sich auffangen und dem Gestein ausweichen. Aber er ist hart aufs Wasser aufgeschlagen und wurde an die Felsen geschleudert.«

Der Mann sprach höflich und langsam, wenngleich sein Gesicht undurchdringlich und abweisend blieb. Sein jüngerer Gefährte dagegen sagte herausfordernd: »Er wurde durch die Scheinwerfer geblendet!«

Ich sah, wie er die Fäuste ballte, und wendete hilflos den Blick ab. »Ist er . . . schwer verletzt?«

»Quién sabe?«, sagte der Junge düster. »Der Hotelarzt wird gleich da sein.«

Ich fiel neben Miguel auf die Knie und wollte das Blut auf seinem Gesicht abwischen, aber der ältere Springer hielt mich zurück. »Es ist besser, Sie rühren ihn nicht an, bevor der Arzt kommt.«

Ich verschränkte fröstelnd die Arme. Miguel schien zu schlafen und sein Gesicht trug den kindlichen Ausdruck, den ich oft bei ihm gesehen hatte. Ein blutiger Riss klaffte an seiner Schulter. Die beiden Springer standen reglos im bläulichen Sternenlicht. Ihre steife Zurückhaltung ließ mich spüren, wie sehr sie mich hassten.

Endlich leuchteten Taschenlampen auf. Der Geschäftsführer des Hotels, im schwarzen Frack, hastete den Pfad herunter, gefolgt von einigen aufgeregten Angestellten und einem dicklichen Herrn mit grobflächigem, klugem Gesicht, der einen Sanitätskoffer trug und sich als Dr. Ortega vorstellte. Ich erschrak zutiefst, als er den Sarape zurückschlug. Miguels Körper war voller Schrammen, Hautabschürfungen und blauer Flecken. Ich spürte ein schmerzliches Pochen in den Ohren. War es das Geräusch des Meeres oder dröhnte mir der Schädel? Ich beobachtete, wie der Arzt Miguel behutsam untersuchte, während ihm die Angestellten mit Taschenlampen leuchteten. Schließlich sagte er auf Englisch: »Eine starke Gehirnerschütterung hat er auf jeden Fall und das Schlüsselbein ist gebrochen. Ich hoffe, dass die Wirbelsäule nicht beschädigt wurde. Wir bringen ihn sofort ins Krankenhaus.«

Der Geschäftsführer gab Anweisungen. Die Angestellten rannten den Weg hinauf und kamen wenige Minuten später mit einer Trage zurück. Dr. Ortega hatte inzwischen eine Spritze bereit gemacht und sie Miguel verabreicht. In eine Decke gehüllt, wurde der Verletzte vorsichtig auf die Trage gehoben und den Weg hinaufgetragen. Der Geschäftsführer versicherte, dass der Krankenwagen schon angekommen sei und vor dem Hotel warte. Zu mir gewandt sagte er: »Sie kennen diesen jungen Mann, Miss Ferber?«

»Ja«, hauchte ich.

»Es tut mir Leid für ihn.« Seine Stimme klang nervös. »Solange ich Geschäftsführer bin, hatten wir nie einen Unfall zu beklagen. Für solche Darbietungen stellen wir nur die besten Leute an.«

Ich zitterte so heftig, dass ich kaum reden konnte. »Die Fernsehaufnahmen! Das grelle Licht!«

Der Geschäftsführer fingerte an seinem Hemdkragen. »Aber wir feiern doch Mrs Ferbers Erfolg! Das Ereignis wurde in ganz Mexiko und den Vereinigten Staaten im Fernsehen übertragen. Eine bessere Werbung können wir uns nicht vorstellen.«

»Und was sollten die Springer dabei?«, fauchte ich. »Sich für Werbezwecke den Hals brechen?«

Der Geschäftsführer machte ein Gesicht, als hätte er auf etwas Saures gebissen.

»Ein bedauernswertes Zusammentreffen, das gebe ich zu. Aber der junge Mann ist in guten Händen. Wir haben eine Versicherung, die alle Kosten übernimmt.«

»Und damit ist für Sie die Sache erledigt, nehme ich an?«

Der Geschäftsführer räusperte sich vernehmlich. »Sie sollten sich keine Gedanken darüber machen. Es wird schon alles gut werden. Wollen Sie jetzt nicht lieber zu Ihren Gästen zurückkehren?«

Ich schüttelte so heftig den Kopf, dass meine Halswirbel knackten. »Die kommen auch ohne mich zurecht!«

»Ihre Mutter wird sich Sorgen machen«, meinte salbungsvoll der Geschäftsführer. »Wenn ich Ihnen einen Rat geben darf . . . Denken Sie an Ihre Mutter«, säuselte er mir zu.

»Sie kann sich von mir aus eine Nervenkrise leisten!«, brüllte ich los. »In Direktübertragung, wenn ihr danach zu Mute ist! Ich gehe nicht zurück, sondern mit Miguel ins Krankenhaus! Ist das klar?«

18

In dem düster erleuchteten Gang stank es nach Desinfektionsmittel und feuchtem Kalk. Krankenhäuser sind immer deprimierend, aber dieser unmoderne Kasten schlug alle Rekorde. Ich saß auf einer Bank, von deren Planken mir der Hintern weh tat, und wartete auf das Ergebnis der Untersuchung. Eine Schwester in einem Kittel von zweifelhaftem Weiß fragte, ob ich Kaffee wollte. Ich schüttelte den Kopf. Meine Zähne klapperten. Wie konnte man nur in einem Tropenland so frieren!

Plötzlich krabbelte eine dicke Küchenschabe, von der Art, die man hierzulande »Cucaracha« nennt, über den Boden. Ich zog hastig die Füße hoch, während das Monstrum in einer Wandritze verschwand.

Halb zwölf! Jetzt lief die Party auf vollen Touren. Meine Mutter musste sich fragen, wo ich wohl steckte. Oder auch nicht: Um diese Zeit war ihr Hirn schon vom Whiskey aufgeweicht und sie hatte meine Existenz höchstwahrscheinlich vergessen. Ich schlotterte vor Wut, wenn ich an sie dachte. Ihr Geltungsbedürfnis, ihre Eitelkeit hatten den

Unfall verursacht. Aber tief in mir gab es noch ein anderes, furchtbares Gefühl, das ich nicht loswurde. Laureano hatte es vorausgeahnt: Ausgerechnet ich hatte Miguel ins Unglück gestürzt! Ich selbst war die Schuldige!

Ich stellte mir vor, wie er dalag – ganz still und blass – und wie er operiert wurde. Und dass er vielleicht . . . Ich bohrte die Nägel in die Handfläche. Nein, nicht weiter darüber nachdenken!

Mitternacht war längst vorbei, als Dr. Ortega im weißen Ärztekittel die Treppe herunterkam. Ich sprang auf.

»Schlimm?«, fragte ich tonlos.

»Nicht gerade ein Spaß, sagen wir mal. Die Wirbelsäule hat zum Glück keinen Schaden genommen, aber ein Schlüsselbein ist an mehreren Stellen gebrochen.«

»Wird er . . . seinen Arm wieder gebrauchen können?«

»Selbstverständlich. Ich habe den Bruch schon fixiert. Junge Leute haben gesunde Knochen, die wachsen schnell wieder zusammen.«

Ein Stein fiel mir vom Herzen. Fast hätte ich vor Erleichterung losgeheult.

»Offen gestanden, es bestand die Gefahr, dass er den Rest seines Lebens im Rollstuhl verbringen würde. Vor einigen Jahren brach sich ein Springer unter ähnlichen Umständen das Rückgrat. Er ist seitdem gelähmt. Man hat die Show für einige Monate unterbrochen und dann wieder aufgenommen.« Er zündete sich eine Zigarette an. »Der Hoteldirektion kann man schwerlich einen Vorwurf machen. Acapulco lebt vom Fremdenverkehr und die Springer sind eine beliebte Attraktion . . .« Er unterbrach sich plötzlich. »Aber Sie frieren ja!« Er brachte mir Kaffee in einem Pappbecher. Als ich trank, schlugen meine Zähne an den Rand, die Tropfen spritzten auf mein Kleid.

»Ich habe einen Polizisten geschickt«, sagte Dr. Ortega. »Er soll Miguels Angehörige benachrichten. Er lebt bei seiner Mutter, nicht wahr?«

»Sie ist blind«, sagte ich leise.

»Auch das noch!« Dr. Ortaga stieß mit finsterer Miene den Rauch durch die Nase. »Na ja, ein Unglück kommt selten allein.«

»Kann ich ihn sehen?«, fragte ich.

Der Arzt zögerte, dann nickte er. »Ich will sehen, ob er aus der Narkose erwacht ist.«

Er ging die Treppe hinauf und kam einige Minuten später wieder zurück. »Kommen Sie. Aber nur kurz. Er darf sich nicht aufregen.«

Ich folgte ihm durch einen langen, schmutzig weißen Gang. Miguel lag im Vorzimmer der Unfallabteilung auf einem schmalen, frisch bezogenen Eisenbett. Sein linker Arm war schon gegipst. Er wirkte ungewöhnlich bleich, mit blauen Ringen unter den Augen. Als ich hereinkam, bewegte er den Kopf. Seine Wimpern flatterten. Er schlug die Augen auf.

»Fünf Minuten«, sagte Dr. Ortega und schloss die Tür hinter sich.

Ich trat an sein Bett. »Hast du ... Schmerzen?«

Er betrachtete mich wie abwesend. Seine Augen glichen dunklen Brunnen voller Schatten und ich sah in ihnen den Widerschein meines eigenen Gesichts.

Endlich bewegte er die Lippen. »Es geht ... Ich habe eine Spritze gekriegt ...«

Ich zog einen Stuhl ans Bett, setzte mich und nahm seine Hand. Sein Blick klärte sich etwas, als ob ihm meine Anwesenheit erst jetzt richtig zum Bewusstsein komme.

»Sabrina! Wie kommst du denn hierher!«

»Ich bin mit dir ins Krankenhaus gefahren.«

»Ich weiß nicht«, seufzte er, »was ist denn eigentlich passiert. Ich bin gestürzt, nicht wahr?«

Es würgte mich in der Kehle.

»Meine Mutter . . . die Party . . .«, stotterte ich. »Die Fernsehübertragung! Die Studiolampen haben dich geblendet.«

Er runzelte die Stirn, während er versuchte die Zusammenhänge zu begreifen. Plötzlich nickte er. »Das Licht! Ja, ich entsinne mich! Ich konnte den Wellengang nicht abschätzen und bin zu spät gesprungen . . .«

Ich drückte mein Gesicht neben seinem Arm auf das Bett.

Tränen liefen mir über die Wangen. »Meine Mutter wollte, dass die Springer mit aufgenommen werden. Es ist alles ihre Schuld! Ich hasse sie!«

»Sabrina . . . das darfst du nicht!« Ich spürte seine Finger in meinem Haar, während ich verzweifelt aufschluchzte.

»Laureano hatte Recht, ich habe dir nur Unglück gebracht!«

»Sabrina, hör zu«, sagte er schwach, »niemand ist schuldig. Ich hatte Pech, das ist alles.«

Er streichelte mein Gesicht, meine nassen Wimpern schlugen gegen seine Finger. Jetzt tröstete er mich, nach allem, was passiert war! Schließlich seufzte er. »Ich hatte mir unseren Abschied anders vorgestellt.«

Ich hob mein tränenüberströmtes Gesicht. »Aber ich fliege ja nicht ab! Ich bleibe bei dir. Versprochen ist versprochen!«

»Das freut mich«, flüsterte er, offenbar zu benommen, um mich zu fragen, wie ich mir das eigentlich vorstellte.

»Meine Mutter ... weiß sie schon Bescheid?«, fragte er nach einer Weile.

Ich nickte. »Dr. Ortega sagte, sie würde bald hier sein.«

»Es tut mir so Leid«, sagte Miguel bitter, »dass sie es auf diese Weise erfahren muss.«

Er hustete, verzog schmerzlich das Gesicht. Die Nachtschwester kam herein und bestand darauf, dass ich jetzt ging. Ich erhob mich widerwillig und drückte Miguels heiße Hand. Er musste hohes Fieber haben.

»Bis bald!«

»Nun gehen Sie schon«, sagte die Schwester und schob mich aus dem Zimmer. »Er soll jetzt schlafen.«

Kurz danach kam Doña María, von Rosario geführt, ins Krankenhaus. Ein Taxi hatte sie hergebracht. Dr. Ortega ließ sie sofort in sein Konsultationszimmer herein. Ich wartete, todmüde, draußen auf der Bank. Ich konnte kaum noch aufrecht sitzen. Schließlich streckte ich mich auf der Bank aus und schloss die Augen. Die Stimmen, die Geräusche rückten in unbestimmte Ferne. Ich schlief ein.

Eine Hand schüttelte mich wach. Ich schlug benommen die Augen auf und blickte in Dr. Ortegas müdes Gesicht. Seine Poren glänzten im Neonlicht und ich sah jede einzelne Bartstoppel auf seinem Kinn.

»Es ist Zeit, dass Sie gehen«, sagte er. »Ich habe Ihnen ein Taxi bestellt.«

Ich richtete mich zerschlagen auf. »Miguel? Wie geht es ihm?«

»Er schläft. Seine Mutter ist bei ihm. Sie sitzt in einer Ecke und rührt sich nicht. Eine bemerkenswerte Frau, möchte ich sagen! Ein Jammer, dass sie so entstellt ist.«

Er nahm mich sachte am Arm und führte mich durch

den Gang. Der Tag brach an. Das Krankenhaus erwachte. Schwestern kamen und gingen. Schmutzige Wäsche häufte sich vor den Türen. Ein Mann, der einen Autounfall erlitten hatte, wurde in die Notaufnahme eingeliefert.

»Wann kann ich Miguel sehen?«, fragte ich.

»Später, später. Rufen Sie gegen Mittag an, fragen Sie nach Schwester Delfina. Sie spricht gut Englisch und wird Ihnen Auskunft geben.«

Das Taxi wartete schon vor der Treppe. Die Sterne verblassten. Das Grau der Dämmerung brach hervor, füllte die Straßenschluchten mit silbernem Schimmer. Dr. Ortega half mir in den Wagen und schlug die Tür zu. Er sagte einige Worte zum Fahrer. Dieser nickte und drehte den Zündschlüssel um. Der Wagen fuhr an und ich lehnte mich mit geschlossenen Augen in die Polster.

19

Meer und Himmel leuchteten rubinrot, als das Taxi vor dem Hotel hielt. Dr. Ortega musste sich mit dem Fahrer geeinigt haben, denn er verlangte kein Geld von mir. Ich hatte ja auch keines bei mir.

Der Nachtportier öffnete mir die Tür mit diskretem Gähnen. In der Hotelhalle roch es nach abgestandenem Zigarettenrauch. Der Lift brachte mich nach oben. Erschöpft schleppte ich mich durch den Dachgarten. Das Rauschen der Wellen klang wie ein langsames Ein- und Ausatmen. Die Morgenluft war feucht. Meine Haut fühlte sich klebrig und kalt an. Ich stellte ohne Verwunderung fest, dass in unserem Bungalow noch Licht brannte.

»Mable?«, rief ich halblaut.

Ich hörte ein Geräusch und Mable trat im Pyjama aus ihrem Zimmer.

»Was ist mit dem Jungen?«, fragte sie sofort.

Ich zuckte die Schultern. »Er hat sich das Schlüsselbein gebrochen und dazu eine Gehirnerschütterung.«

»Dann hat er aber Glück gehabt.« Mable setzte sich gähnend die Brille auf. »Trinkst du was?«

Ich fuhr mir mit der Zunge über die ausgetrockneten Lippen. Plötzlich merkte ich, dass ich schrecklichen Durst hatte. »Einen Orangensaft, bitte.«

Mable öffnete den Eisschrank, nahm eine Flasche heraus und schüttelte sie. Ich holte inzwischen die Gläser. Wir setzten uns aufs Sofa.

»Der Geschäftsführer informierte mich darüber, was passiert war«, fuhr Mable fort. »So konnte ich Dorothy beruhigen.«

»Wie war die Party?«, fragte ich, während sie mir Saft einschenkte.

»Ein Riesenerfolg, natürlich.« Mable schob mir das Glas hin. »Es ist bald fünf. Um halb zehn geht die Maschine und wir müssen zwanzig Minuten vorher am Flughafen sein. Willst du dich nicht noch etwas hinlegen? Ich wecke dich um acht.«

Ich trank das ganze Glas in einem Zug aus. »Ich bleibe hier.«

»Ich versteh dich schon«, meinte Mable, »aber überleg dir mal, wie die Sache praktisch aussieht. Wo willst du denn wohnen? Hier im Hotel?«

»Nein, bei Doña María.«

Mable zündete sich eine Zigarette an. »Bist du sicher, dass sie dich will?«

Ihre Worte trafen mich wie ein Faustschlag. Sie sprach aus, was ich am meisten befürchtete. Was, wenn Doña María mir die Schuld gab? Als sie von mir wissen wollte, wie Miguel zu seinem Geld kam, hatte ich ihr die Wahrheit verschwiegen. Sie hatte allen Grund, mir die Tür vor der Nase zuzuschlagen.

Ich biss mir auf die Lippen. Ich hatte Miguel versprochen zu bleiben und durfte ihn nicht enttäuschen. »Ich muss es darauf ankommen lassen«, sagte ich unnachgiebig.

Mable wollte antworten, als die Tür zu Mamas Schlafzimmer aufging und ein Lichtstrahl auf den Boden fiel. Mein ganzer Körper wurde kalt. Ich saß da wie erstarrt, als Mama in den Raum trat. Sie trug ein weißes, fließendes Nachthemd. Ihr abgeschminktes Gesicht wirkte seltsam jung, ganz anders, als wenn sie für die Aufnahmen zurechtgemacht war.

»Sina!«, rief sie mit erstickter Stimme. »Um Himmels willen! Wo kommst du her?«

»Aus dem Krankenhaus«, sagte ich.

Mama strich sich über die Stirn. Ihre Wimpern flatterten. »Es tut mir so Leid! Wie geht es dem Jungen? Ich hoffe, dass er nicht schwer verletzt ist.«

»Er hätte auf der Stelle tot sein können oder gelähmt für den Rest seines Lebens«, sagte ich. »Es tut dir Leid und damit ist die Sache für dich erledigt. Du hattest deine Direktübertragung und heute steht dein Bild in allen Zeitungen.« Mama schwankte und hielt sich an der Wand fest. Sie roch jetzt noch nach Whiskey. »Aber Sina!«

»Und besoffen bist du auch noch.« Ich schrie immer

lauter, entfachte meine Wut an meinen eigenen Worten. »Du denkst nur an dich. An deine Kleider. An deine Frisur. An deine Party. Was andere betrifft, ist dir egal!«

»Das ist nicht wahr!«, rief Mama. »Ich habe mir eine Menge Gedanken gemacht, wie ich dem Jungen helfen könnte.«

»Du kannst ihm nicht helfen!«, fauchte ich. »Er will nichts von dir! Warum, glaubst du, dass er jeden Tag von der Klippe springt und sein Leben riskiert? Um seinen Ego-Trip zu verwirklichen? Nein, er wollte seiner Mutter helfen! Die denkt nicht an ihre Frisur. Auch nicht an ihre Lidschatten. Sie ist nämlich blind!«

»Blind?«, rief Mama entsetzt. »Warum hast du mir denn nichts davon gesagt?«

»Das war doch das Letzte, das dich interessiert hätte!«, brüllte ich. »Du bist unmenschlich, kalt und egoistisch. Du bist nur eine Barbie-Puppe, nichts anderes. Papa hatte Recht, dass er dir davongelaufen ist. Andere Frauen sind ihm lieber . . .« Ich brach plötzlich in Tränen aus. Die ewige Heulerei! Aber ich konnte nicht anders, ich war mit den Nerven am Ende. »Ich will meinen Vater sehen! Jetzt sofort!«

»Nun beruhige dich doch«, sagte Mable, »du siehst ihn ja heute Abend.«

Ich schrie sie an. »Ich habe doch gesagt, dass ich hier bleibe!«

»Sei nicht hysterisch«, sagte Mama eisig.

»Glaubst du, dass ich Miguel im Stich lasse?«, brüllte ich. »Nach dem, was du verschuldet hast?«

»Nun hör aber endlich damit auf!« Mamas Stimme wurde schrill. »Soviel ich weiß, hat sich der Junge den Job freiwillig ausgesucht. Ich bin Gast hier im Hotel. Ich habe das Recht, eine Party zu geben. Das gehört zu meinem Job! Und wenn dir das nicht passt, such dir eine andere Mutter. Eine, die es besser macht und mehr Zeit für dich hat. Aber dann wundere dich nicht, wenn du dich einschränken musst. Du hast ja keine Ahnung, was das heißt, du verwöhntes Biest!«

»Ich nicht«, fauchte ich. »Aber Miguel schon. Er musste für seine Mutter sorgen, ihr Medikamente kaufen und dazu noch für sein Stipendium büffeln. Jetzt liegt er im Krankenhaus. Und was nun?«

»Die Hoteldirektion übernimmt die Kosten«, sagte meine Mutter frostig.

»Und das ist alles, was du dazu sagst?«, schrie ich heulend.

»Was soll ich denn sonst noch sagen?«, schrie sie zurück. »Ein für allemal, ich bin für die Sache nicht verantwortlich! Der Junge hätte seinen Sprung besser einschätzen sollen.« Ihr Blick fiel in den Spiegel, und sie ließ ein Stöhnen hören. »Himmel! Wie ich aussehe! Was sollen denn die Journalisten denken? Ich muss unbedingt eine Sonnenbrille aufsetzen.«

Ich wischte mit dem Handrücken die Tränen aus dem Gesicht. Ich hatte mich heiser gebrüllt und war total erledigt. »Ich rede jetzt kein Wort mehr mit dir!«

»Da bin ich aber froh.« Mama holte tief Luft. »Ich versuche noch eine Stunde zu schlafen«, sagte sie zu Mable.

»Weck mich bitte um sieben und lass mir ein Bad einlaufen.«

Sie verschwand in ihrem Zimmer und knallte die Tür hinter sich zu. Nach einigen Sekunden Stille sagte Mable: »Dorothy ist reizbar, wenn sie nicht ausgeschlafen ist. Du solltest diplomatischer sein, mein Kind.«

»Wozu?«, sagte ich patzig.

Mable drückte die Zigarette aus. »Um dir nicht alles zu verscherzen. Schließlich kannst du deinen Freund ja von L.A. anrufen.«

Ich stand auf. »Miguel hat kein Telefon.«

Ich ging an ihr vorbei in mein Zimmer. Dort setzte ich mich aufs Bett und starrte aus dem Fenster. Die Sonne leuchtete hinter den Hügeln. Goldgeränderte Wolken zogen auf. Ich fühlte trotz meiner Erschöpfung, wie eine neue, nie gekannte Beharrlichkeit in mir erwachte. »Ich fliege nicht ab«, sagte ich laut und erschrak fast über meinen eigenen Entschluss.

Mir blieb nur noch wenig Zeit. Ich zog meine verschwitzten Sachen aus und ging unter die Dusche. Das warme Wasser löste meine verkrampften Muskeln. Nach der kalten Wechseldusche fühlte ich mich wieder handlungsfähig. Ich zog frische Wäsche, Jeans und eine Hemdbluse an. In eine Leinentasche stopfte ich etwas Wäsche, Socken, einige T-Shirts und einen Pulli. Dann dachte ich an das Wichtigste: Pass, Flugschein und Geld. Mama benutzte immer nur Kreditkarten. Aber ich wusste, dass Mable mexikanisches Bargeld zur Verfügung hatte, um Taxifahrer zu bezahlen und Trinkgelder zu verteilen.

Leise drückte ich die Klinke herunter und schlich in den Wohnraum. Mable war wieder in ihrem Zimmer verschwunden. Ihre Handtasche, ein großer Beutel aus Knautschleder, lag auf ihrem Bürostuhl. Ich wusste, in welcher Mappe sie Pässe und Flugscheine aufbewahrte. Zum Glück fand ich auch noch reichlich mexikanisches Geld. Ich nahm ein paar Scheine und verstaute sie in meiner Jeanstasche. Dann öffnete ich behutsam die Tür und verließ den Bungalow.

20

Hastig überquerte ich die Autostraße: Ich wollte nicht in der Nähe des Hotels bleiben. Die Sonne war aufgegangen und glühte wie ein riesiger Feuerball. Durch offene Fenster sah ich Frauen, die Eier und Bohnen für das Frühstück zubereiteten. Es roch nach Kaffee, Paprikaschoten und Pfannkuchen, die man hierzulande »Tortillas« nennt. Das Wasser lief mir im Mund zusammen. Mir fiel ein, dass ich seit gestern Nachmittag nichts mehr gegessen hatte. Auf der anderen Straßenseite stand ein Kiosk, dort gab es Kaffee, Limonade und Bier. Ein paar Männer saßen herum und gähnten. Der Boden war verdreckt von Auswurf, Vogeldreck, Orangenschalen und fettigem Papier. Auf einer Bank sitzend, trank ich aus einem Pappbecher heißen, bitteren Kaffee und aß dazu klebriges Zuckergebäck. Schon staute sich eine Autoschlange, der Wind wehte mir die Auspuffgase ins Gesicht. Dann hörte ich alle Uhren an sämtlichen Kirchen sieben schlagen.

Obwohl es noch früh war, beschloss ich Miguel anzurufen. Ich wollte ihm sagen, dass ich da blieb und mir ein Zimmer besorgen würde, irgendwo, in einer billigen Pension. Natürlich musste ich auf der Hut sein: Meine Mutter würde Himmel und Hölle in Bewegung setzen, um mich wieder zu finden. Vielleicht würde sie sogar die Polizei einschalten. Aber das war mir jetzt gleichgültig. Hauptsache, ich gewann einige Tage, bis es Miguel wieder besser ging!

Der heiße Kaffee hatte mir gut getan. Ich stand auf und suchte eine Telefonzelle. Arbeiter waren schon am Werk, die Betonmischer machten einen furchtbaren Krach. Auf den Bürgersteigen wurde eimerweise Wasser ausgeleert. Die Straßenfeger sammelten Zeitungsfetzen und Zigarettenstummel in ihren Karren ein.

Endlich fand ich eine Telefonzelle. Ich klaubte ein paar Münzen aus der Tasche und wählte die Nummer des Krankenhauses. Die Verbindung kam nicht zu Stande, ich versuchte es nochmals. Der Geruch nach kaltem Zigarrenrauch drehte mir fast den Magen um. Durch das Rauschen und Knacken in der Leitung hörte ich fernes Läuten. Endlich meldete sich eine Stimme. Ich verlangte nach Schwester Delfina. Es vergingen abermals drei Minuten, bis sie ans Telefon kam. Ich nannte meinen Namen. Zum Glück wusste sie Bescheid.

»Kann ich mit Miguel sprechen?«, rief ich mit klopfendem Herzen.

»Dr. Ortega hat mir gesagt, dass Sie anrufen würden«, erwiderte Schwester Delfina. »Miguel ist nicht mehr hier.«

Der Schreck verschlug mir fast die Sprache. »A . . ., aber wo ist er denn?«

»Zu Hause«, sagte Schwester Delfina. »Seine Mutter wollte nicht, dass er im Krankenhaus bleibt!«

Mir brach der Schweiß aus allen Poren. Das fehlte auch noch!

»Aber er ist doch schwer verletzt!«, brachte ich hervor.

»In unserem Krankenhaus sind Betten immer knapp«, sagte die Schwester. »Der Bruch wurde ja schon gegipst. Viele Leute pflegen ihre Kranken lieber zu Hause.«

»Was sagte denn Dr. Ortega dazu?«, fragte ich.

»Er war einverstanden. Bei unvorhergesehenen Komplikationen wird er sich sofort einschalten.«

Ich dankte Schwester Delfina für die Auskunft und

hängte ein. Als ich aus der Telefonzelle kam, klebte mir alles auf der Haut. Ich war völlig aufgewühlt. Miguel gehörte doch ins Krankenhaus! Was nun? – Ich hatte Angst vor Doña María, aber es half alles nichts. Ich konnte mich nicht vor ihr drücken!

Ich machte mich auf den Weg zur Bushaltestelle, kam an Geschäften vorbei, deren Rollläden mit Stangen hochgezogen wurden. Plakate hingen in Fetzen von den Mauern. Auf einem Balkon hing ein Käfig, in dem ein blauer Papagei krächzend seine Federn plusterte.

An der Bushaltestelle wartete schon eine Traube von Menschen. Alle Gesichter wirkten unbeteiligt und verschlafen. Ein Kind schrie aus Leibeskräften. Eine dicke Frau wiegte es in ihren Armen. Ich stellte meine Tasche zwischen die Füße und wartete. Meine Augen brannten und zu allem Überfluss hatte ich noch meine Sonnenbrille vergessen. Endlich kam der Bus, zum Bersten voll, und hielt mit quietschenden Bremsen. Ich drängte mich vor, grub ein paar Leuten die Ellenbogen in die Rippen und kam gerade noch hinein. Die Türen schlossen sich dicht hinter mir. Ein Mann blies mir seinen stinkenden Atem ins Gesicht. Er musste schon frühmorgens seine Ration »Pulque« – den mexikanischen Agavenschnaps – genossen haben. Mir wurde fast schlecht davon. Ich biss die Zähne zusammen und drehte den Kopf zur anderen Seite.

Die Fahrt kam mir endlos vor. Der Bus holperte auf dem schadhaften Asphalt dahin, wie ein Kork auf den Wellen hüpft. An jeder Haltestelle gab es Gedränge. Die Aussteigenden drückten von einer Seite, die Einsteigenden von der anderen. Eine schwarz gekleidete Oma stieg mit einem Korb voller junger Hühner ein, die verstört gackerten.

Endlich stieg ich aus und atmete erschöpft die frische Luft mit dem Geruch nach Sand und Harz ein. Ein leichter Wind wehte. Der Himmel war kühl, blau, glatt und in der Ferne leuchtete das Meer wie ein türkisblauer Streifen. Ich schlug den Pfad durch den Pinienwald ein. Vögel sangen in den Baumkronen und das Sonnenlicht fiel durch die Zweige. Bald gabelte sich der Weg und senkte sich leicht. Ich konnte über die Mauer das braune Ziegeldach sehen.

Als ich das Tor erreichte, spürte ich, dass meine Knie zitterten. Ich steckte den Arm durch die Gitterstäbe und öffnete von innen die Tür. Chico war nicht angebunden. Er kam mir schwanzwedelnd entgegen. Ich streichelte sein struppiges Fell und fühlte Tränen hochsteigen. Wenigstens einer, der mich willkommen hieß! Zögernd ging ich durch den Innenhof. An der Tür hing ein schöner kupferner Türklopfer. Ich wartete, bis mein Atem ruhiger wurde, dann ließ ich den Türklopfer fallen. Einige bange Sekunden vergingen. Endlich näherten sich schlürfende Schritte. Die Tür ging auf. Vor mir stand Rosario. Ich starrte sie an. Ihr Gesicht war steinern. Ich sah das feindselige Glitzern in ihren Augen.

»Wo ist Doña María?«, stammelte ich. »Und Miguel? Ist er hier?«

Sie überschüttete mich mit einem Schwall spanischer Wörter und fuchtelte mit den Händen. Ihrem wütenden Gestikulieren entnahm ich, dass sie mich zum Teufel wünschte. Doch ich war entschlossen mich nicht einschüchtern zu lassen.

»Wenn Sie mich nicht hereinlassen«, schrie ich, »setze ich mich hin und warte, bis Doña María kommt!« Und um meinen Worten Nachdruck zu verleihen, knallte ich die Tasche auf den Boden und setzte mich selbst daneben, mit dem Rücken zur Wand, wobei ich herausfordernd zu ihr hinaufsah.

In diesem Augenblick ertönte eine klare, ruhige Stimme aus dem Innern des Hauses. »Bist du es, Sabrina?«

»Doña María!«, rief ich und sprang auf.

Durch ein schmales Fenster schien die Sonne in den Vorraum, sodass die dunkle Gestalt der Indianerin einen schwarzen Schatten auf den Boden warf. Regungslos stand sie da. Ihre weit geöffneten Augen schienen mich anzuschauen.

»Entschuldigen Sie bitte den Lärm!«, sagte ich betreten. »Aber Rosario wollte mich nicht ins Haus lassen.«

Bei Doña Marías Handbewegung zog sich Rosario brummelnd zurück. Ich hob meine Tasche auf und betrat den Vorraum. Meine Augen gewöhnten sich an das Halbdunkel und ich sah Doña Marías Gesicht. Ihre Wangen waren eingefallen, die Lippen blutleer. Sie schien um Jahre gealtert.

»Du hast also Acapulco noch nicht verlassen«, sagte sie. Ihr Gesichtsausdruck wirkte abwesend, doch in ihrer Stimme schwang ein eigentümlicher metallischer Ton mit, der ihre Erregung verriet.

»Meine Mutter ist wahrscheinlich schon auf dem Weg zum Flughafen«, erwiderte ich. »Ich aber wollte hier bleiben.«

»Wegen Miguel?«, fragte Doña María.

»Ja«, erwiderte ich. Einen Moment lang war es so still, dass mein Atem ein störendes Geräusch verursachte. Doña María wandte sich ab.

»Komm herein«, sagte sie schließlich.

Ich folgte ihr. Sie ging sehr langsam, mit aufrechtem Gang, wobei sie sich durch ein unmerkliches Tasten an Wand und Möbeln orientierte.

Als wir in den Wohnraum traten, fragte ich: »Wie geht es ihm jetzt?«

»Er schläft.«

Doña Marías Hände fanden die Lehne ihres Stuhles. Sie setzte sich und fragte: »Hast du schon gefrühstückt?«

Ohne meine Antwort abzuwarten, drehte sie den Kopf zur Tür und rief: »Rosario!«

Die Alte schlürfte herein. Doña María sprach kurz zu ihr. Rosario verschwand so stumm, wie sie gekommen war.

»Nun setz dich doch«, sagte Doña María.

Ich nahm steif auf einem Stuhl Platz. Trotz der Kühle des Raumes lief mir der Schweiß den Rücken hinunter. Im Schweigen, das folgte, schlug eine große Standuhr neun. Die Schläge gingen mir durch Mark und Bein.

Als das Geräusch verklungen war, sagte Doña María: »Du wusstest von alledem, nicht wahr?«

»Ja«, sagte ich und knipste an meinen Nägeln.

»Warum hast du mir nichts gesagt?«

»Miguel wollte es nicht.«

»Ja, natürlich«, seufzte sie. »Das hätte ich mir denken können.«

Ich fuhr mir mit dem Handrücken über die Nase und schniefte. Ich konnte das Unausgesprochene nicht mehr ertragen. »Hat Ihnen Dr. Ortega gesagt, wie . . . wie das Unglück passiert ist?«

Sie nickte ruhig, doch ihr Ausdruck war jetzt wachsam. »Soviel ich weiß, wurde Miguel durch die Scheinwerfer geblendet.«

»Es war das Fernsehteam«, stieß ich hervor. »Meine Mutter gab eine Party. Sie wollte, dass man die Springer mit in die Sendung einbezog.«

»Ich verstehe«, murmelte Doña María. Ihr Gesicht war völlig ausdruckslos, aber ich sah, dass sich ihre schmalen Finger auf der Armlehne verkrampften.

»Laureano hatte Recht«, fuhr ich verzweifelt fort. »Ich habe Miguel Unglück gebracht.«

Lastendes Schweigen. Ich biss mir auf die Lippen und dachte: Jetzt ist alles aus, jetzt setzt sie dich vor die Tür.

Aber Doña María sagte nur: »Die Wirklichkeit entspricht nicht immer dem äußeren Schein.«

Ich verstand sie nicht und schüttelte heftig den Kopf. »Ich fühle mich aber schuldig!«

Doña Marías große Augen schienen in weiter Ferne unsichtbare Dinge zu betrachten. »Und doch meinte das Schicksal es gut mit uns.«

Ich starrte sie in wortloser Verblüffung an, als Rosario hereinkam. Sie stellte eine Schale dampfenden Milchkaffee vor mich hin auf den Tisch, außerdem Brot und ein kleines Gefäß mit Aprikosenmarmelade.

»Danke«, murmelte ich verwirrt, aber Rosario sah hartnäckig an mir vorbei.

»Iss«, sagte Doña María gütig.

Ich brach etwas Brot ab und tauchte es in den heißen Kaffee. Doña María wartete, bis Rosario draußen war.

Dann nahm sie das Gespräch wieder auf. »Es kam alles, wie es kommen musste. Ich ahnte schon lange, dass Miguel mir etwas Schlimmes verheimlichte. Jetzt bin ich meine quälende Sorge los und weiß, was ich zu tun habe. Das Haus werde ich verkaufen. Miguel soll nicht länger sein Leben für mich aufs Spiel setzen.« Sie seufzte, aber ihr Gesicht blieb heiter. »Mach dir keine Vorwürfe. In Wirklichkeit hast du mir geholfen.«

»Ich dachte ...«, stammelte ich, »Sie wären mir böse?«

»Wie könnte ich?«, erwiderte Doña María schlicht. »Ich weiß, dass dein Herz gut ist.« Sie zögerte. »Weiß deine Mutter eigentlich, wo du bist?«

Ich schuldete ihr die Wahrheit. »Nein. Ich bin heimlich ausgerissen.«

Doña María nickte vor sich hin. »Was glaubst du, wird sie jetzt tun?«

Ich schlürfte gelassen meinen Kaffee. »Abfliegen, nehme ich an. Mir ist es gleichgültig. Ich habe etwas Geld und meinen Flugschein. Ich komme auch ohne sie zurecht.«

»Sie wird sich Sorgen machen«, meinte Doña María.

»Bestimmt nicht«, sagte ich. »Es regt sie höchstens auf, dass ich schlauer war als sie.«

»Jede Mutter sorgt sich um ihr Kind«, sagte Doña María vorwurfsvoll. »Sie musste doch fühlen, wie unglücklich du warst.«

Ich lachte bitter auf. »Ob ich unglücklich bin oder nicht, sie empfindet überhaupt nichts von dem, was mich betrifft!«

Doña María schwieg, während ich mit nervösen Fingern ein Stück Brot zerkrümelte.

Nach einer Weile fragte sie: »Was hast du jetzt vor?«

Ich hatte meinen Kaffee ausgetrunken und konnte wieder klar denken.

»Ich will warten, bis es Miguel besser geht. Ich suche mir ein Zimmer in der Stadt und komme ihn jeden Tag besuchen.« Ich schaute sie angstvoll an. »Sie haben doch wohl nichts dagegen?«

Wieder Schweigen. Dann sagte Doña María: »Du kannst bei uns wohnen, wenn du willst. Wir haben einige Zimmer leer stehen.«

Eine Hitzewelle schoss mir ins Gesicht. Ich konnte vor Freude kaum sprechen. »Geht das wirklich? Im Ernst?«

Doña María hob lebhaft die Hände. »Natürlich ist die Einrichtung dürftig. Wir haben kein warmes Wasser und auch keine Klimaanlage. Und was das Essen betrifft . . .«

In meiner Erregung schnitt ich ihr das Wort ab. »Ich bin nicht des Essens wegen hier. Und außerdem . . .« Ich musste plötzlich lachen. »Rosarios Kaffee ist wahrscheinlich der beste der Welt!«

Ein Lächeln huschte über Doña Marías müdes Gesicht.

Doch es gab noch eine Frage, die mich beschäftigte. »Warum haben Sie Miguel nicht im Krankenhaus gelassen?«

Doña Marías Lächeln erlosch. Sie schüttelte leicht den Kopf. »Er wollte nach Hause«, sagte sie mit unbestimmter Handbewegung.

21

Wie lange kauerte ich schon in dem Rohrsessel? Mein Rücken schmerzte und in meiner Wade kribbelte es. Wahrscheinlich war ich eingenickt. Kein Wunder, nach der schlaflosen Nacht, die ich hinter mir hatte! Als ich schwerfällig die Lage änderte, quietschte der Sessel so, dass ich zusammenfuhr. Ich warf einen Blick auf Miguel, doch der rührte sich nicht. Das Schlafmittel wirkte immer noch. Ich sah auf die Uhr. Halb drei! Vor dem Haus staute sich die Hitze, aber in den Räumen war es dunkel und kühl. Nach dem Essen hatte ich Doña María überredet sich hinzulegen, während ich bei Miguel wachte.

Leise stand ich auf und beugte mich über den Verletzten. Sein Gesicht war entspannt, aber erschreckend bleich. Ich berührte seine heiße Stirn. Immer noch hohes Fieber! Hoffentlich war es nur kein Fehler gewesen, ihn aus dem Krankenhaus zu nehmen.

Auf dem Tisch stand ein Krug Wasser und ein Glas. Ich goss mir ein und trank in durstigen Zügen. Meine Blicke schweiften durch den Raum. Miguels Zimmer lag im Erdgeschoss und war sehr einfach eingerichtet: ein Bett, ein Schrank, ein schöner alter Schreibtisch, ein Stuhl. An den Wänden standen selbst gezimmerte Regale voll zerlesener Bücher. Miguel sammelte bunt bemalte Tonfiguren. Die meisten stellten Tiere, auch Vögel, dar. Ich nahm einige dieser Figuren behutsam in die Hand. Manche waren mit Glassplittern oder buntem Flaum verziert. Sie wirkten zierlich und kostbar.

Ein Geräusch riss mich aus meiner Betrachtung. Vor Schreck ließ ich fast einen winzigen, rot bemalten Puma fallen. Da! Wieder das Geräusch. Es klang wie ein Schleifen. Auf einmal sah ich einen Schatten, der sich zwischen der Türritze und dem Fußboden bewegte. Mein Herz schlug heftig. Plötzlich wusste ich, wer da draußen war. Ich stellte die Tonfigur behutsam aufs Regal zurück und öffnete die Tür. Eine hohe Gestalt zeichnete sich vor mir im Gegenlicht ab.

»Kommen Sie herein, Laureano«, sagte ich ruhig.

Der Mexikaner starrte mich an. Ich sah die schrägen

Augen wie Email glänzen, auf seinem dunklen Gesicht war nicht das geringste Zeichen von Überraschung zu erkennen. Bedächtig betrat er den Raum, brachte einen Geruch von Holzkohle und Talg mit sich. Er hob den Arm, warf den breitrandigen Hut auf den Boden. Das blauschwarze, strähnige Haar fiel ihm in die Stirn.

»Hat er noch Fieber?«, erkundigte er sich.

Endlich sprach er englisch. Ich nickte und stellte die Frage: »Woher wissen Sie, was passiert ist?«

Wieder traf mich der Blick seiner leuchtenden Augen.

»Sie waren doch dabei«, sagte er. »Sie haben alles mit angesehen.«

Ich erwiderte herausfordernd seinen Blick. Wollte er den Kampf, so sollte er ihn haben.

»Es geschah durch das Licht«, begann ich. »Das Fernsehteam hatte die Scheinwerfer eingesetzt. Es ist unsere Schuld, wenn Sie es ganz genau wissen wollen.«

Er schwieg, heftete seine unergründlichen Augen auf mich. Ich ertrug seinen Blick, hielt ihm stand, so wie er meinem standhielt. Mein Herz klopfte jetzt stark, aber ich rührte mich nicht und wandte auch nicht die Augen ab, bis er schließlich das Duell mit einem blitzschnellen Achselzucken beendete.

Seine Stimme klang sonderbar: »Sie haben keine Angst, nicht wahr?«

Ich schüttelte gelassen den Kopf. Früher hatte ich Angst, aber heute nicht mehr. Etwas in mir hatte sich verändert. Ich hätte nicht sagen können, was es war, aber ich fühlte mich ruhig und stark. Laureano starrte mich immer noch an. Plötzlich verzog er den Mund. Ein unerwartetes Geräusch kam über seine Lippen. Ich traute meinen Ohren nicht. Hatte der Mann gelacht?

Doch schon wandte er sich von mir ab und trat an Miguels Bett. Einige Atemzüge lang betrachtete er ihn wortlos. Dann ließ er die gewebte Tasche von seiner Schulter gleiten. Mit federnder Bewegung setzte er sich neben das Bett auf den Boden und nahm die Chimiria heraus.

Ich starrte ihn an und auf einmal glaubte ich zu wissen, warum Doña María Miguel aus dem Krankenhaus geholt hatte: Laureano sollte ihn heilen. Ich fuhr mir mit der Hand über die Stirn. Aberglaube? Hexerei? Was bedeuten diese Worte? Vielleicht gab es ein Wissen oder eine Macht, die stärker war als die Kunstfertigkeit der Ärzte und die Auswirkungen der Antibiotika?

Als ob er meine Gedanken erraten hätte, warf mir Laureano einen raschen, spöttischen Blick zu. Ich spürte, dass er mich zum zweiten Mal richtig durchschaute. Ich wusste, wer ich war, was ich wollte, und drückte mich nicht vor meiner eigenen Schuld. Und ich fürchtete mich auch nicht vor den Göttern und Geistern der Vorzeit . . .

Laureano hatte zu spielen begonnen. Der leise, vibrierende Ton glich dem Zirpen einer Grille. Ich setzte mich in den Rohrsessel, stützte den Kopf an die Lehne. Durch die halb offene Tür fiel das Sonnenlicht, Laureanos Gesicht jedoch lag im Schatten. Ich sah nur sein blau glänzendes Haar, den kupferfarbenen Umriss seiner Wange und die Bewegungen seiner Finger auf der glitzernden Rohrflöte. Die Melodie stieg an, fiel, ging in Trillern und Beben über. Sie gehorchte nicht den vertrauten Rhythmen, sondern wurzelte tief in der Vergangenheit.

Ich schloss die Augen. Mir war, als ob in meinem Kopf eine Trommel schlüge. Es war ein fortgesetztes, pulsierendes Hämmern und ich merkte, dass es mein eigenes Blut war, das in den Schläfen klopfte. Kopf und Glieder wurden mir schwer und die Lider fielen mir immer wieder über die Augen. Ich versuchte wach zu bleiben, auf die Musik zu hören. Doch vergeblich. Meine Gedanken lösten sich auf. Ich glitt in den Schlaf wie in tiefes, dunkles Gewässer ...

Schlagartig erwachte ich und richtete mich erstaunt auf. Die Stille war vollkommen, nur eine Fliege summte. An der Länge der Schatten und der Tönung des Lichtes merkte ich, dass sich die Sonne gedreht hatte. Wo war Laureano? Ich hatte ihn nicht hinausgehen hören.

Der Sessel knarrte. Als ich mich aufrichtete, sah ich, wie Miguel sich bewegte. Seine Augen waren auf mich gerichtet. Er schien voll bei Bewusstsein zu sein.

»Wie geht es dir?«, stammelte ich.

»Besser.« Er lächelte mich an. »Ich habe lange geschlafen, nicht wahr?«

Er streckte die Hand aus. Ich klammerte mich daran fest, legte sie an meine Wange. Seine Haut war trocken und kühl. Verwundert berührte ich seine Stirn. Das Fieber war gefallen.

»Unglaublich!«, murmelte ich aufgewühlt.

»Was denn?«

»Laureano ... die Chimiria! Du hast gesagt, dass die Flöte Krankheiten vertreibt ...«

»Laureano war hier?«, fragte er überrascht.

»Hast du die Flöte nicht gehört?«

»Doch«, erwiderte er sinnend, »aber nur von weit her, wie im Traum.«

»Ich bin eingeschlafen«, sagte ich. »Als ich aufwachte, war Laureano verschwunden.«

Miguel nickte, ohne ein Zeichen des Erstaunens.

»So ist er. Laureano kommt und geht, wie es ihm passt.« Er versuchte sich aufzurichten. »Bitte . . . könnte ich ein wenig Wasser haben?«

Rasch füllte ich das Glas. Ich stützte seinen Kopf und ließ ihn trinken. Er dankte mir mit einem Blick.

»Hast du noch Schmerzen?«

Er strich mit dem Daumen über meinen Handrücken. »Jetzt nicht mehr.«

Dann schwieg er eine Weile und betrachtete mich versonnen. »Wie hast du es denn geschafft, hier zu bleiben?«

Ein Kichern entfuhr mir. »Ich bin ganz einfach durchgebrannt!«

Ich erzählte ihm, wie ich die Sache eingefädelt hatte.

Miguel schwankte zwischen Lachen und Bestürzung. »Aber Sabrina! Was nun? Wie stellst du dir das vor?«

Ich drückte seine Hand. »Keine Sorge! Ich bin nicht schwachsinnig! Ich weiß, dass wir uns trennen müssen und dass es schwer sein wird. Aber jetzt weiß ich auch, dass ich es ertragen kann.«

Er blickte mich forschend an. »Du bist anders geworden.«

Ich lachte etwas verlegen. »Das findet auch Laureano. Er sagt, dass ich keine Angst mehr habe, und das stimmt wirklich. Es kann mir nichts Schlimmes mehr passieren, weil ich bereit bin, es zu ertragen, verstehst du?«

»Laureano liest in der Seele der Menschen«, sagte Miguel lächelnd. »Du kannst ihm nichts verbergen. Er kennt dich besser als du dich selbst.«

22

Wie jeden Abend setzte sich Doña María auf die Bank unter dem Feigenbaum. Ich setzte mich zu ihr. Das ferne Rauschen des Baches, das Zwitschern der Vögel – alles wirkte beruhigend auf mich. Wir sprachen wenig. Wozu? Wir verstanden uns auch ohne Worte.

Die flimmernde Sonnenscheibe versank hinter den Pinien, als wir oberhalb des Waldes das Geräusch eines Wagens vernahmen. Eine Tür schlug zu. Schritte knirschten auf dem Weg. Mein Herz schlug gegen die Rippen. »Polizei«, schoss es mir durch den Kopf. »Jetzt schon?«

Im selben Augenblick brach Chico in wütendes Gebell aus.

Er raste über den Hof und sprang mit fletschenden Zähnen am Tor hoch.

»Es ist besser, du machst ihn fest«, sagte Doña María.

Ich lief die Stufen hinunter. »Genug, Chico! Bist ja brav!« Mit großer Mühe packte ich den Hund am Halsband, zerrte ihn zurück und legte ihn an die Kette. Chico winselte, spitzte die Ohren und duckte sich widerwillig.

Schweißgebadet richtete ich mich auf, als schon zwei Gestalten hinter dem Tor erschienen. Ich stand da wie vor den Kopf geschlagen, starrte sie an und rührte mich erst, als Doña María mit ruhiger Stimme fragte: »Wer ist es, Sabrina?«

»Meine Mutter und Mable!«, stieß ich zwischen den Zähnen hervor.

Doña María zeigte nicht die geringste Überraschung. Ihr Gesicht blieb undurchdringlich, während sie sich langsam erhob und die Falten ihres schwarzen Schals auf den Schultern ordnete.

»Nun lass sie doch herein!«, sagte sie in unverändertem Ton. Ich holte tief Luft und ging auf das Tor zu. Beide Frauen trugen Jeans und Turnschuhe. Mables Ausdruck wirkte leicht spöttisch wie immer. Mama trug ein buntes Kopftuch und eine Sonnenbrille. Ihr Gesicht – wenigstens das, was man davon sah – wirkte stark angespannt. Sie hatte sich noch nicht mal die Lippen gefärbt.

Ich schob den Riegel zurück, stieß das Tor auf und blickte die beiden missmutig an. »Was sucht ihr denn hier?«

»Dorothy wollte sofort die Polizei holen«, sagte Mable. Ihre Mundwinkel zuckten ironisch. »Aber ich hielt es für diplomatischer, zuerst mal mit Dr. Ortega zu sprechen.«

»Warum bist du denn nicht abgeflogen?«, sagte ich zu meiner Mutter.

»Ohne dich?«, schrie sie. »Sag mal, bist du übergeschnappt?«

Ich starrte sie an. Diese Reaktion hatte ich nicht erwartet. Ich brachte keinen Ton mehr über die Lippen. Doch nicht aus Trotz. Auf einmal war mir klar: Sie sorgte sich um mich. Ich konnte es kaum fassen.

Ich ließ das Tor wieder zufallen, nachdem Mama und Mable zögernd in den Hof getreten waren. Wieder bellte Chico, als sei der Teufel los.

»Ist . . . der Hund gefährlich?«, stammelte Mama.

»Keine Angst«, sagte ich, »der ist festgemacht. Nun hör endlich auf, Chico!«, rief ich dem Schäferhund zu, der knurrend an der Leine zerrte.

»Ich habe einen Wagen gemietet«, fuhr Mama fort.

»Der Fahrer hatte Mühe, den Ort zu finden. Du hast dich wirklich am Ende der Welt verkrochen. Wie ... geht es dem Jungen?«

»Danke, besser«, sagte ich frostig.

Da sah ich, wie sich Mamas Blick an mir vorbei auf Doña María richtete. Sie nahm bestürzt die Sonnenbrille ab. Das Kopftuch war ihr auf die Schultern geglitten. Das Haar wirkte etwas zerdrückt. Einige Atemzüge lang blieb sie stumm. Dann stieg sie rasch die Stufen hinauf und ergriff impulsiv Doña Marías Hände.

»Es tut mir so Leid ...«, sagte sie rau. »Dieses Unglück!«

»Machen Sie sich keine Vorwürfe«, erwiderte Doña María in ihrem leisen, klaren Englisch. »Miguel ist jetzt außer Gefahr.«

Mama starrte die Indianerin an, in einer Mischung aus Staunen, Entsetzen und Bewunderung. Auch sie stand unter dem Zauber der tiefschwarzen, leblosen Augen.

Inzwischen hatte auch Rosario die Veranda betreten und musterte uns argwöhnisch. So viele Fremde!, schienen ihre Blicke zu sagen. Doña María bat sie Stühle zu holen.

»Darf ich Ihnen eine Tasse Kaffee anbieten?«, fragte sie ihre Gäste.

»Danke gern!«, stammelte Mama, immer noch betroffen. Mable zündete sich eine Zigarette an.

»Rosario wird Ihnen einen Aschenbecher bringen«, sagte Doña María. Das feine Klicken des Feuerzeuges, der leichte Tabakgeruch hatten ihr angezeigt, dass Mable rauchte. Ich setzte mich schweigend neben Doña María auf die Bank und verschränkte die Arme. Meine Mutter spürte, dass ich mich bewusst von ihr distanzierte, und ließ ihr Verlegenheitslachen hören.

»Es ist manchmal schwierig, zu wissen, was das Beste für die eigenen Kinder ist. Ich habe für meine Tochter immer getan, was ich konnte . . .«

»Sind Sie dessen ganz sicher?«, fragte Doña María ruhig.

»Ich . . .«, begann Mama. Sie blickte verwirrt nach allen Seiten. Vielleicht suchte sie ganz einfach eine Antwort.

Natürlich!, dachte ich boshaft. Sie hat kein passendes Drehbuch zur Hand. Immerhin war ich beeindruckt, dass sie ihren Flug verschoben hatte. Ob Mable sie wohl dazu überredet hatte?

Rosario brachte ein Tablett, auf dem eine dampfende Kanne, vier Tassen und eine Zuckerdose standen.

»Du hättest ruhig abreisen können«, sagte ich zu meiner Mutter. »Ich habe alles mit, was ich brauche. Pass, Geld und Flugschein.«

Mama griff nach der Tasse, die Rosario ihr anbot, und nahm so hastig einen Schluck, dass sie sich die Lippen verbrannte.

»Ich hielt es nicht für angebracht, dich allein im Ausland zu lassen. Dein Verhalten gefiel mir nicht. Du bist so unüberlegt. Du triffst Entscheidungen, ohne vorher jemanden um Rat zu fragen.«

»Wen sollte ich denn um Rat fragen?«, entgegnete ich wütend. »Dich vielleicht?«

Mama schüttelte leicht den Kopf Das Licht fiel schräg auf ihr ungeschminktes Gesicht und ich sah die feinen Falten um Mund und Augenwinkel.

»Dein Vater wird morgen hier sein.«

Meine Wangen wurden heiß. Ich glaubte nicht richtig verstanden zu haben. »Was will er denn in Acapulco?«

Mama stellte die Tasse auf den Tisch zurück, dass sie

klirrte. »Du wolltest ihn doch sehen, nicht wahr? Hast ein Riesentheater losgelassen. Also hab ich ihn angerufen und gesagt, dass seine Tochter durchdreht.« Sie lachte bitter auf, während ich sie immer noch sprachlos anstarrte. »Zufällig hatte er Zeit. Die Dreharbeiten sind seit gestern beendet.«

Langsam fiel die Beklemmung von mir ab. Meinen Vater, ja. Den wollte ich sehen.

»Wann . . . wann kommt er denn?«

»Die Maschine landet morgen um zehn.«

Ich holte tief Luft. »Ich werde ihn am Flughafen abholen.«

23

Die Maschine der PANAM landete mit einer halben Stunde Verspätung. Ich war allein mit dem Taxi zum Flughafen gefahren. Durch die Scheiben der Wartehalle sah ich Papa in einer Gruppe von Touristen vor der Zollabfertigung Schlange stehen. Während der zwei Monate in der Wüste hatte die kalifornische Sonne seiner Haut die Farbe verbrannten Holzes verliehen. Er überragte die Menge der Leute um einen ganzen Kopf, trug seine unvermeidliche Schirmmütze, ein paar alte Shorts und ausgetretene Turnschuhe.

Er suchte mich mit den Blicken und winkte mir mit dem Pass zu. Dann warf er sich die Reisetasche über die Schulter und kam mit schnellen, elastischen Schritten auf mich zu. Die Glastüren schwangen lautlos auf, dann stand er vor mir.

Das dichte, wirre Haar fiel ihm wie Gestrüpp in die Stirn. Sein Lächeln entblößte seine kräftigen Zähne.

»Nett, dich zu sehen«, sagte er. »Ich glaube, du bist gewachsen.«

Er winkte einem Taxi. Der Wagen hielt. Papa öffnete die Tür und ließ mich einsteigen. Ich sank mit einem tiefen Gefühl der Erleichterung in die Polster und sah zu, wie Papa eine seiner Zigaretten, die er lose in der Brusttasche trug, zwischen die Lippen klemmte und anzündete.

»Schwierigkeiten?«, fragte er in heiterem Ton.

Ich hustete, wedelte mir den Qualm aus dem Gesicht und erzählte ihm alles.

Papa hatte einen Bungalow neben dem unseren gemietet. Von der Glaswand seines Wohnzimmers aus fiel der Blick fast senkrecht auf die Felsen und das saphirblaue Meer. Die Wellen umspülten die Klippen und zerflossen in weiße Schaumgarben. Eine große Jacht glitt träge durch die Bucht.

»Hübsche Kulisse für eine Filmstory«, kommentierte Papa, als er sich einen Whiskey eingoss. »Zuerst Panoramaansicht über das Meer. Dann schwenkt die Kamera auf Vater und Tochter, die in Großaufnahme ein ernstes Gespräch führen.«

Ich ging auf seine Bemerkung nicht ein, sondern fragte: »Siehst du die Klippen da vorn?«

Papa trat neben mich und hielt mir ein Glas Tomatensaft hin.

»Ganz schön steil«, meinte er. »Man müsste mit einem Hubschrauber filmen.«

Papa sah immer alles in Filmperspektive, als hätte er ewig einen Sucher vor Augen.

»Oben auf der Klippe steht ein Altar«, fuhr ich fort, »der der Aztekengöttin Tonantzin geweiht ist. Bevor die Männer springen, zünden sie ihr eine Kerze an. Am Abend vor dem Unfall blies der Wind Miguels Kerze aus. Das war ein schlechtes Vorzeichen.«

Bevor Papa trank, näherte er das Glas seiner Nase und schnupperte den Duft des Whiskeys. »Glaubst du jetzt auch an solche Sachen?«

»Quién sabe?«, murmelte ich.

Papa lachte und schlug mir auf die Schulter, dass ich fast meinen Saft verschüttete.

»Und Spanisch kannst du auch schon. Die Liebe ist eine gute Lehrmeisterin.«

Ich schwieg. Papas Lachen erlosch. Sein Gesicht wurde nachdenklich.

»Du hast dich verändert«, sagte er.

»Ist das so offensichtlich?«, fragte ich, mit blassem Lächeln.

»Sagen wir mal ... man spürt es.« Er nahm einen kräftigen Schluck. »Und was kann ich für dich tun?«

Ich holte tief Luft. »Ich ... ich weiß nicht, wie ich das ausdrücken soll. Es ist sehr schwierig. Mama selbst ist an Miguels Unfall nicht schuldig, aber sie hat ihn immerhin verursacht. Jetzt kann er kein Geld mehr verdienen und muss zusehen, wie er das Examen besteht und sein Stipendium kriegt.«

Papas Augen, das Weiße von Äderchen durchzogen, ließen nicht ab von mir. »Und was schlägst du vor? Dass wir die Leute finanziell unterstützen?«

Ich schüttelte heftig den Kopf. »Sie werden keine Hilfe von uns annehmen. Nicht in dieser Art!«

»Ich verstehe.« Mit dem Glas in der Hand fing Papa an

im Zimmer auf und ab zu gehen. Er konnte nie stillsitzen, wenn er nachdachte.

»Die Frau ist also blind. Du sagst, dass sie durch einen operativen Eingriff ihr Augenlicht zurückgewinnen kann. Zufällig kenne ich in Acapulco einen ausgezeichneten Augenarzt. Vor drei Jahren, als ich hier einen Film drehte, hatte sich einer meiner Kameramänner ein Auge verletzt. Wir brachten ihn in die amerikanische Klinik. Es war eine schlimme Geschichte und man musste ihm einige Splitter herausoperieren. Dieser Dr. Gonzales war ausgezeichnet. Weshalb hat sich Señora Romero nicht schon früher an ihn gewendet?«

Ich zog die Schultern hoch. »Wahrscheinlich konnte sie die Operation nicht bezahlen.«

»Nun gut«, sagte Papa. »Ich werde mit Dr. Gonzales eine Verabredung für sie treffen. Von Geld soll hier nicht die Rede sein, schließlich sind wir der Familie etwas schuldig. Was ihren Sohn betrifft ...« Er nahm einen Schluck Whiskey und grinste mich über den Rand des Glases hinweg an. »Ich weiß, dass du mir die Burschen, die in dich verliebt sind, nie vorstellst, aber diesen möchte ich kennen lernen. Ein Junge, der jeden Abend von einer vierzig Meter hohen Klippe springt ... Donnerwetter, der imponiert mir!«

24

»Sind Sie ganz sicher, dass Sie hier aussteigen wollen?«, fragte mich der Taxifahrer. Ich nickte, während ich im spärlichen Licht einige Münzen aus der Hosentasche klaubte.

»Soll ich auf Sie warten?«, erkundigte sich der Mann mit einem Seitenblick.

»Es gibt doch auch einen Bus«, sagte ich.

Der Fahrer sah mir neugierig nach, während ich über die Straße lief. Ich war schon im Dickicht verschwunden, als der Wagen endlich abfuhr.

Es war schon dunkel. Leuchtkäfer schwirrten durch das Unterholz und das Murmeln der Quelle war deutlich zu hören. Ich kannte den Weg und ging schnell. Schon bald sah ich den Lichtschein, der hinter dem Tor aus den Fenstern der Finca leuchtete. Ich zog den Riegel zurück und lehnte mich gegen den Torflügel, der mit leisem Knirschen aufging. Als ich mich durch die Öffnung zwängte, hörte ich Chicos vertrautes Hecheln.

»Braver Chico!« Ich streichelte den Hund, der sich an meine Waden drängte, Chico folgte mir bis zur Haustür. Ich ließ den Klopfer auf das Holz fallen. Nach einer Weile öffnete Rosario. Ich strahlte sie an.

»Buenas noches!«

Ich nahm es hin, dass sie nie zurücklächelte und auch jetzt nur förmlich *»Páse Usted!«* (Bitte treten Sie ein) murmelte. Sie schlurfte missmutig vor mir her. Wieder einmal wunderte ich mich, wie friedlich und beruhigend die großen, spärlich erleuchteten Räume wirkten. Ein Jammer, dass Doña María das Haus verkaufen musste!

Miguel lag auf dem Sofa an einen Stapel Kissen gelehnt. Er trug Baumwollhosen wie die Leute vom Land und ein weites Hemd, das seinen Gipsverband verbarg. Doña María saß in ihrem Lehnstuhl und stickte.

»Wie bist du denn hier hergekommen?«, fragte sie in besorgtem Ton. »Es ist doch schon so spät!«

»Mit dem Taxi.« Ich setzte mich zu Miguel aufs Sofa. »Wie fühlst du dich?«

»Nicht schlecht.« Er lächelte verschmitzt. »Mein Kopf brummt noch wie ein Bienenschwarm und vernünftig denken kann ich auch noch nicht. Aber seit gestern habe ich kein Fieber mehr.«

»Großartig!«

Miguel ließ mich nicht aus den Augen. »Du siehst so glücklich aus. Was ist los?«

Ich erwiderte sein Lächeln. Dann schweifte mein Blick zu Doña María, deren geschickte Hand mit unbeirrbarer Sicherheit die Nadel führte. An sie richtete ich das Wort.

»Ich . . . ich bin gekommen, um Ihnen etwas Wichtiges mitzuteilen. Ich habe mit meinem Vater gesprochen. Er bittet Sie, dass Sie morgen mit ihm zum Arzt gehen.«

Doña María ließ ihre Hände langsam sinken. Die Glühbirne beleuchtete voll ihr Gesicht. Ihre Augen, in denen goldene Glanzlichter schwammen, hefteten sich auf mich. Es war fast unheimlich, weil ich immer glaubte, dass sie mich ansah.

»Wie meinst du das?«, fragte sie zurückhaltend.

Ich warf Miguel einen Blick zu, doch der schwieg mit ausdruckslosem Gesicht. Ich schnappte nach Luft. Meine Worte überstürzten sich.

»Mein Vater hat schon eine Verabredung für Sie getroffen. Er holt Sie morgen um neun Uhr ab und bringt Sie zu Dr. Gonzales. Ist das nicht wunderbar?«

Miguel beugte sich leicht vor. »Aber zu Dr. Gonzales gehen doch nur Privatpatienten!«

»Kein Problem!«, sagte ich heiter. »Mein Vater kennt ihn gut. Dr. Gonzales wird für Sie eine Ausnahme machen.« Ich sah, wie Miguel sich nervös auf die Lippen biss, während Doña María die Schultern straffte. Ein sonderbares, fast spöttisches Lächeln kräuselte ihre Lippen. »Sabrina«, sagte sie. »Ist das wirklich wahr?«

»Aber selbstverständlich!«

»Ich danke dir«, sagte sie schlicht. »Aber ich kann das Angebot nicht annehmen.«

Ich starrte sie an. Die Bedeutung der Worte wurde mir nur langsam bewusst. Mir war, als hätte sie mich geohrfeigt, rechts und links. Das Blut schoss mir ins Gesicht.

»Aber . . . warum denn nicht?«, stammelte ich fassungslos.

Doña Marías Antlitz wirkte wie eine Maske aus dunkel poliertem Holz.

»Wir sind arm«, sagte sie ruhig und kalt. »Aber wir haben noch nie um Almosen gebeten.«

»Es geht doch nicht darum!«, widersprach ich. »Mein Vater will Sie doch nicht . . .«

»Nein.« Sie schüttelte den Kopf. »Bitte, Sabrina, versuche mich zu verstehen. Ich muss das Angebot zurückweisen.«

Das kann doch nicht wahr sein, dachte ich niedergeschmettert. So kann sie doch nicht reden! Ich warf Miguel einen flehenden Blick zu. Er musste mir helfen! Seine Haut glänzte, als sei sie mit einem Schweißfilm bedeckt. Doch er schwieg weiterhin und hielt die Augen gesenkt. Ich biss mir aufgewühlt auf die Lippen. Wie naiv waren wir, Papa und ich, dass wir glaubten, es genüge, Beziehungen spielen zu lassen, um automatisch Dankbarkeit zu ernten! Mein Kopf wurde dumpf wie mit Watte gefüllt. Ich knipste an den Nägeln, versuchte nachzudenken. Seit Jahren hatte Miguel nur den einen Gedanken im Kopf: seine Mutter vom besten Spezialisten operieren zu lassen. Und nun, da sich die Möglichkeit bot, weigerte sich Doña María.

Ich starrte Miguel verzweifelt an. Sag doch was! Lass mich nicht im Stich!, schrie ich ihm im Geiste zu. Er sollte mich unterstützen, er wenigstens, wenn schon seine Mutter wie ein Holzklotz reagierte.

Ich sah das Verstehen auf seinem Gesicht und den Schatten des Schmerzes, der seine Augen verdunkelte. Doch er blieb stumm. Seine Erziehung untersagte es ihm, sich gegen die Entschlüsse seiner Mutter aufzulehnen, der Mutter, die in Mexiko die Macht der Familie verkörpert, die man achtet, fürchtet und fast vergöttert.

Das war zu viel für mich. Diese Enttäuschung! Ich spürte einen Kloß in der Kehle. Vor meinen Augen verschwamm alles. Ich, die ich jahrelang keine Träne vergossen hatte, heulte los, und das seit drei Tagen fast ununterbrochen. Der reinste Wasserfall! Mein Vater fand mich verändert. Verändert? Er wollte wohl sagen, in Flüssigkeit aufgelöst!

»Das ist ungerecht!«, schluchzte ich. »So ungerecht!«

Doña Marías Gesicht zeigte eine seltsame Geistesabwesenheit. »Es geht hier nicht um Gerechtigkeit, sondern um Stolz.«

»Ach so . . .«, erwiderte ich bitter. »Aber Ihr Stolz ließ es zu, dass Miguel jeden Abend für Sie in den Ozean sprang. Vierzig Meter in die Tiefe. Auch bei hohem Wellengang!«

Miguel unterdrückte eine heftige Bewegung. Er hatte kein Auge für mich, sondern blickte nur seine Mutter an. Jetzt sahen wir, dass sie ebenfalls weinte. Ihre Augen wirkten noch größer, noch glänzender. Ihre Schultern bebten, als ob sie fröstelte, und sie zog den Schal enger.

»Es ist gut«, flüsterte sie schließlich. »Ich nehme an. Um meines Sohnes willen . . .«

25

Mable lag auf dem Sofa, in Männerhemd und Jeans, und hielt ein Buch in den Händen. Sie hob den Kopf, knickte eine Seite um und fragte: »Nun?«

»Was für ein Theater!«, seufzte ich. »Doña María machte Schwierigkeiten.«

»Und das wundert dich?«, kicherte Mable. »Sie ist eine Frau, die sich nicht kaufen lässt.« Sie warf mir einen ironischen Blick zu. »Aber natürlich hast du sie herumgekriegt.«

»Woher weißt du das?«, fragte ich verblüfft.

Sie nickte bedeutungsvoll. »Du hast dich sehr verändert.«

»Das sagen alle. Wenn ich nur wüsste, wie!«

»Du bist selbstsicher geworden. Hast Boden unter den Füßen. Das merken auch die anderen.«

»Woran sieht man denn das?«, fragte ich neugierig.

»An deiner Art zu gehen, zu reden, den Leuten in die Augen zu blicken.« Sie schmunzelte. »Der Junge hatte einen guten Einfluss auf dich. Schade, dass du ihn nicht mitnehmen kannst!«

Ich wandte den Kopf ab. Es war mir immer peinlich, wenn etwas so direkt kam.

»Wo ist Mama?«, fragte ich.

Mables Mundwinkel zuckten. »Dein Vater hat sie zum Essen abgeholt.«

»Kaum zu glauben!«, rief ich. »Die haben doch immer Krach!«

Mable grinste und schlug ihr Buch wieder auf. »Ich erinnere dich beiläufig daran, dass sie immer noch verheiratet sind.«

Ich versuchte mir vorzustellen, wie die Eltern den Abend bei Kerzenlicht verbrachten. Das seltene Bild wollte ich mir nicht entgehen lassen!

Rasch lief ich ins Badezimmer, wusch mir das Gesicht und kämmte mich mit den Fingern. Der Lift brachte mich in den fünften Stock zum Restaurant *El Redondo*. Neben dem Eingang stand ein riesiges Aquarium mit exotischen Fischen, solchen, die geheimnisvollen, stummen Vögeln in Flammenfarben glichen, und anderen, die wie Blumenkelche zwischen den Algen schaukelten. Ich blieb in dem Rechteck aus grünem Licht stehen und beobachtete meine Eltern, die an einem Ecktisch saßen. Mama trug ein türkisblaues Seidenensemble. Papa war – wie üblich – in Jeans und Sweatshirt. Er hatte natürlich seine Schirmmütze auf, was in dieser Umgebung etwas lächerlich wirkte. Beide waren in ein Gespräch vertieft. Mama drehte mir den Rücken zu, aber ich sah, wie Papa interessiert zuhörte und nickte. Ein Kellner, der einen Wagen voller Kuchen, Torten und Süßspeisen vor sich herschob, zwang mich beiseite zu treten, sodass Papa mich entdeckte. Er hob die Hand und winkte mir zu.

»Störe ich?«, fragte ich steif.

»Jetzt noch nicht«, sagte Papa und schob mir einen Stuhl hin. »Setz dich! Wir sind gerade beim Nachtisch. Machst du mit?«

Der Kellner brachte den Wagen. Ein als Pinguin verkleideter Ober scharrte ungeduldig mit dem Fuß. Ich schaute dem Mann in die Augen. »Ein Mineralwasser, bitte.«

Der Ober räusperte sich und ging es holen. Ich lehnte mich mit zufriedenem Lächeln zurück, während die Eltern ihr »Soufflé Grand Marnier« serviert bekamen.

»Nun?«, fragte Papa, als sich der Kellner mit dem Wagen entfernte. »Was hält Doña María von meinem Vorschlag?«

»Zuerst wollte sie nicht«, sagte ich. »Aber dann hat sie es sich anders überlegt.«

Papa nickte zufrieden. »Ich freue mich sie kennen zu lernen. Hoffentlich kann Dr. Gonzales ihr helfen.«

Mama aß schweigend ihr Soufflé. Offenbar hatte ich ihr Gespräch unterbrochen. Was hatte ich hier eigentlich zu suchen? Ich sollte froh sein, dass sie endlich mal wieder miteinander redeten.

Ich nahm einen Schluck und sagte: »Ich . . . das wollte ich euch nur schnell mitteilen. Jetzt geh ich wieder.«

Ich wollte aufspringen, aber meine Mutter hielt mich mit einer Handbewegung zurück. »Warte einen Augenblick, Sina. Wir haben etwas besprochen, das auch dich angeht.«

Ich ließ mich wieder auf den Stuhl fallen. Also gut. Mit so was musste ich rechnen. »Lasst ihr euch jetzt scheiden?«

Sie tauschten einen Blick. Mama lachte nervös auf und Papa runzelte die Brauen. »Wie kommst du darauf? Es geht hier um Geschäftliches!«

»Eine Scheidung ist auch etwas Geschäftliches«, sagte ich spröde.

»Sei nicht kindisch«, sagte Papa, leicht ungehalten. »Wenn es so weit ist, wirst du es schon erfahren.«

»Es geht um etwas ganz anderes«, fuhr Mama fort. »Die Verleihung des Akademiepreises gibt mir nicht nur die Möglichkeit, meine Rollen sorgfältiger auszusuchen, sondern der Preis wirkt sich natürlich auch finanziell aus. Deswegen haben wir beschlossen unsere eigene Produktionsfirma zu gründen.«

Papa kniff mir ein Auge zu.

»Ich drehe die Filme und Dorothy spielt die Hauptrolle. Ist das nicht eine gute Masche?«

»Toll!«, rief ich, große Begeisterung mimend. »Ihr werdet sicher Erfolg haben.«

Jahrelang waren sie sich aus dem Weg gegangen und jetzt vertrugen sie sich plötzlich. Aber für mich würde alles beim Alten bleiben. Ich würde weiterhin zur Schule gehen, jeden Abend in ein leeres Haus kommen, mit Janie essen und in die Glotze starren – und das noch jahrelang. Aber ich würde mich damit abfinden. Jeder Mensch ist einsam auf dieser Welt. Ich hatte meine Einsamkeit erkannt und wusste, dass ich mit ihr leben konnte.

Ich sah, wie Papa verstohlen Mamas Hand streichelte. Vielleicht war er wieder verliebt in sie. Und wenn, dann wahrscheinlich nur für kurze Zeit, sicher würden sie sich bald wieder zanken. Immerhin machten sie Pläne, fassten Entschlüsse und sprachen davon, ein neues Leben zu beginnen. Was das wirklich bedeutete, wusste ich besser als sie. Ein neues Leben beginnen hieß sich selbst zu verändern, auf neuem Boden neue Wurzeln zu schlagen. Aber das sagte ich ihnen nicht: Sie hätten es ja doch nicht verstanden.

Ich trank mein Glas aus und stellte es hin.

»Ihr habt sicher noch viel zu besprechen. Ich geh ins Bett. Bis morgen!«

Sie sagten nicht »Ach, bleib doch noch!«, wie ich es insgeheim erhoffte, sondern wünschten mir eine gute Nacht. Ich schob meinen Stuhl zurück, stand auf und ging hinaus, während sie sich tief in die Augen schauten.

26

Die amerikanische Klinik befand sich am Paseo Grande, einer der verkehrsreichen Straßen des modernen Acapulco. In dem sechsstöckigen Neubau wirkte alles blitzsauber und antiseptisch. Die Schwestern trugen blütenweiße Uniformen und nirgendwo krabbelten Küchenschaben.

Doña María trug eines ihrer schlichten schwarzen Kleider. Der ebenfalls schwarze Schal war um ihre Schultern geschlungen und in ihrem dichten, glänzenden Haarknoten steckte ein schöner Hornkamm. Als wir die Treppe zum Lift hinaufstiegen, bot ihr mein Vater den Arm. Er hatte die Bewegung nur angedeutet, aber Doña María schien seine Gebärde zu spüren: Sie hob ohne zu zögern die Hand und legte sie auf seinen Arm.

Im Wartezimmer war es wegen der Klimaanlage fast zu kühl und ich fröstelte in meinem T-Shirt. Doña María wirkte ruhig, fast heiter. Nichts an ihr verriet eine innere Erregung. Miguel saß ungewöhnlich still neben ihr auf dem Sofa. Er trug seinen Arm in der Schlinge. Das helle Neonlicht ließ die blauen Flecken auf seiner Stirn deutlich hervortreten. Seine Züge waren entspannt, doch mir fiel auf, dass er heftig atmete.

Einige Minuten später ging die Tür auf und Dr. Gonzales erschien. Er drückte meinem Vater herzlich die Hand. Er war ein auffallend schlanker, gut aussehender Mann mit einem echten Filmgesicht: verwegene Backenknochen, funkelnde Augen, schwarz und glänzend wie Obsidian, prachtvolle Zähne. Er grüßte Doña María höflich und stellte ihr einige Routinefragen. Dann kam eine freundlich lächelnde Schwester, nahm die Blinde sanft am Arm und führte sie aus dem Zimmer.

»Die Untersuchung wird schätzungsweise eine Stunde dauern«, erklärte uns Dr. Gonzales. »Anschließend wird sich herausstellen, in welcher Form ein Eingriff vorgenommen werden kann. Ich schlage Ihnen vor, in der Cafeteria zu warten. Die Schwester wird Sie holen, sobald wir fertig sind.«

In der modern eingerichteten Cafeteria waren um diese Zeit noch alle Tische leer. Eine schüchterne Kellnerin stand hinter der Bar und räumte Tassen fort. Aus einem Lautsprecher nieselte einlullende Musik, bestens dazu geeignet, nervöse Gemüter zu besänftigen.

Miguel war sehr blass. Auf seiner Stirn glänzten winzige Schweißtropfen. Mein Vater schlug ihm aufmunternd auf die Schulter. »Machen Sie kein solches Gesicht, *Muchacho* (Junge). Dr. Gonzales kennt sein Handwerk.«

»Daran zweifle ich nicht, Señor«, sagte Miguel. Er sah meinem Vater fest in die Augen.

»Ihr großherziges Angebot macht uns sehr glücklich. Aber ich wäre Ihnen sehr zu Dank verpflichtet, sollten Sie damit einverstanden sein, dass ich Ihnen, sobald ich kann, die verursachten Kosten zurückerstatte.«

Mich ergriff die subtile Wahl seiner Worte, die darauf hinzielte, seinen Stolz zu bewahren, ohne die Eigenliebe meines Vaters zu verletzen. Und obgleich dieser eine Elefantenhaut hatte, spürte er die feine Nuance und nickte ernst. »Ist schon in Ordnung, Muchacho! Wir reden später darüber. Warten wir erst mal ab, was Dr. Gonzales sagt.«

Wir bestellten Kaffee. Ich half Miguel Zucker in seine Tasse zu schütten. Die Verletzung schmerzte wahrscheinlich, aber er beklagte sich nie. Er dankte mir mit einem Lächeln. Seine Schweigsamkeit musste Papa sonderbar vorkommen, aber er schien sich nicht daran zu stören. Er bot Miguel eine Zigarette an, doch dieser senkte mit der in Mexiko üblichen Gebärde der Verneinung die rechte Hand.

»Sie rauchen nicht? Wie weise!«, murmelte Papa und zückte sein Feuerzeug. Unvermittelt stand er auf, um einige Schritte entfernt einen Anruf über sein Handy zu erledigen. So war das immer. Er konnte nie stillsitzen, sich nie auf etwas anderes als seine Filme konzentrieren.

Miguel und ich blieben allein. Unsere Augen trafen sich. Ein tiefer Atemzug hob seine Brust.

»Nervös?«, fragte ich leise.

Er nickte. »Bis vor kurzem«, sagte er dumpf, »hatte ich nie Zeit zum Grübeln. Ich war zu sehr damit beschäftigt, für meine Mutter zu sorgen. Aber jetzt habe ich Angst.«

»Angst?«, fragte ich erstaunt. »Du? Aber wovor denn?«

Er senkte den Kopf. »Vor mir selbst. Weil mich die Hoffnung schwach macht. Ich stelle mir vor, wie es sein wird, wenn sie wieder sehen kann. Diese Freude! Aber was wird, wenn Dr. Gonzales eine Operation für unmöglich hält? Werde ich – werden wir – die Kraft haben, die Enttäuschung zu ertragen?«

Er schwieg bedrückt und ich legte meine Hand auf die seine. Als ich verzweifelte, hatte er mir Mut gemacht. Jetzt war ich selbstbewusst geworden und konnte ihm helfen. Jeder, der nicht in seiner Haut ersticken will, dachte ich, hat zugleich das Bedürfnis, Schutz zu empfangen wie auch Schutz zu gewähren.

»Deine Mutter ist stark«, sagte ich. »Stärker, als du denkst. Mach dir keine Sorgen um sie.«

Er nickte stumm. Die Hand, die ich hielt, war feucht und heiß.

»Aber du hast ja Fieber!«, rief ich.

»Ein wenig, ja«, gab Miguel zu.

Ich schwieg verstört.

Er lächelte und fügte hinzu: »Es ist nur die Aufregung . . .«

Ich blickte auf die Uhr. Wir saßen schon fast eine Stunde hier. Wie lange würde es wohl noch dauern?

Papa kam einige Augenblicke später aus der anderen Ecke der Cafeteria zurück. »Sina, es tut mir Leid«, sagte er. »Diesmal gibt es keine Ausflüchte mehr. Wir fliegen übermorgen zurück.«

»Warum?«, stieß ich hervor.

»Ich werde dringend im Studio gebraucht. Der Film ist schon entwickelt. Ich muss den Schnitt überwachen, die Tonbänder abhören. Und Dorothy will sich für die Preisverleihung vorbereiten.«

Miguel und ich saßen da wie erschlagen. Auch das noch!

»Kopf hoch, ihr beiden!«, sagte Papa leichthin. »Los Angeles liegt nicht am Nordpol!«

Eine Viertelstunde später kam die Schwester und bat uns in Dr. Gonzales' Büro. Ihr Gesicht wirkte unbeteiligt freundlich. Miguel und ich verständigten uns mit einem Blick. Es hatte keinen Sinn, ihr Fragen zu stellen.

Dr. Gonzales saß hinter einem großen Schreibtisch. Er trug noch seinen weißen Arztkittel und forderte uns verbindlich auf Platz zu nehmen. Er lächelte nicht. Sein Gesicht wirkte auf sonderbare Weise unpersönlich und ich spürte einen Stich im Herzen.

Die Schwester ging hinaus und schloss lautlos die Tür. Wir setzten uns in die schwarzen Ledersessel. Die Polsterkissen quietschten, wenn man sich bewegte, und ich fühlte deutlich die Kühle des Leders an den nackten Armen. Das Schweigen hielt an. Dr. Gonzales blätterte in seinen Notizen. Unvermittelt hob er den Kopf

»Señora Romero geht es gut. Aber sie ist erschöpft von der Untersuchung. Ich habe ihr ein leichtes Beruhigungsmittel verabreicht.« Er räusperte sich kurz. Seine kühlen, scharfen Augen richteten sich auf Miguel. Er war kein Mann, der seine Zeit mit unnötigen Floskeln vergeudete. »Ihre Mutter hat das Augenlicht vor fünf Jahren verloren. Das ist eine lange Zeit. Sie hätten mich früher aufsuchen sollen.«

Abermals Stille. Aber wir hatten verstanden. Miguels Gesicht wirkte jetzt so ausdruckslos wie das des Arztes.

»Meine Mutter wird also blind bleiben?«, fragte er in sachlichem Ton.

Dr. Gonzales nickte. »Ich schulde Ihnen eine offene Antwort. Leider besteht keine Hoffnung mehr. Der Sehnerv ist völlig verkümmert. Ein chirurgischer Eingriff hätte nur unmittelbar nach dem Unfall erfolgreich sein können.«

Mit einer Gebärde, die Resignation ausdrückte, legte er seine gepflegten Hände auf den Schreibtisch. »Es ist etwas, das unglücklicherweise noch häufig vorkommt.«

Die Klimaanlage erfüllte das Zimmer mit leisem, eindringlichem Summen. Ich spürte, wie sich mein Herz verkrampfte. Ich wagte nicht Miguel anzusehen. Auch Papa verhielt sich eigentümlich still. Ich staunte, denn es kam selten vor, dass ihm das Mundwerk versagte.

Miguel bewegte sich als Erster. Er hob die Hand und strich sich über die verletzte Schulter. Wahrscheinlich tat sie ihm weh. Ohne eine Miene zu verziehen und mit derselben ruhigen Stimme wie vorher fragte er: »Mutter ... wie hat sie es aufgenommen?«

»Gefasst«, erwiderte Dr. Gonzales. »Sie ist eine außergewöhnlich mutige Frau und wird ihr Schicksal meistern. Jetzt ruht sie sich aus. Es wird besser sein, sie ein paar Stunden schlafen zu lassen.«

Ich sah, wie Papa eine Zigarette aus der Brusttasche klaubte, sie hastig zwischen die Lippen schob und anzündete. Er war es gewohnt, mit jeder Situation auf seine selbstbewusste Art fertig zu werden. Jetzt musste er sich mit der Tatsache abfinden, dass seine Bemühungen gescheitert waren: Die Sache ließ sich weder durch Beziehungen noch mit Geld einrenken. Das wurmte ihn. Papa betrachtete jeden Schicksalsschlag als persönliche Kränkung. Sich auflehnen, riskieren und gewinnen – das entsprach seiner Natur. Ich hörte ihn buchstäblich denken. Was nun? Lohnte es sich, einen anderen Spezialisten aufzusuchen?

Dr. Gonzales schien in seinen Gedanken zu lesen, denn er blickte ihn fest und ruhig an. »Auch in den Vereinigten Staaten wird man Ihnen den gleichen Befund mitteilen.«

Papa nahm mit finsterer Miene einen kräftigen Zug. Dr. Gonzales' Augen schweiften zu Miguel hinüber und er sagte auf Spanisch zu ihm: »*Lo siento mucho.*« (Es tut mir sehr Leid.)

Miguel schüttelte leicht den Kopf. »Sie haben getan, was in Ihrer Macht stand. Ich danke Ihnen.«

Dr. Gonzales tiefschwarze Augen schimmerten warm.

»Es ist gut«, sagte er, »dem Unausweichlichen mit Verstand zu begegnen. Der Verstand hilft uns, die Leiden von ihrer Gefühlsfracht zu befreien und ihren tieferen Sinn zu erkennen.«

Miguel gab keine Antwort. Mit seinem gesunden Arm stützte er sich auf die Lehne und erhob sich. Wir standen ebenfalls auf. Papa und Dr. Gonzales gaben sich die Hand. Mir fiel auf, dass Papa zurückhaltender war als am Morgen. Er konnte sich offensichtlich nicht geschlagen geben. Dr. Gonzales schlug vor Doña María nach dem Essen abzuholen. Er sah uns kurz nach, während wir auf den Lift zugingen. Dann wandte er sich ab, verschwand in seinem Büro. Lautlos schloss sich die Tür hinter ihm.

Im Lift sprach keiner ein Wort. Wir vermieden es, uns anzusehen. Ich spürte Miguels gepressten Atem.

Wir traten auf die vom Sonnenlicht überflutete Straße hinaus. Trotz der Mittagshitze waren viele Fremde unterwegs: vorwiegend Amerikaner, mit großen Strohhüten, Sonnenbrillen und Camcorder. Viele von ihnen führten einen prächtigen Sonnenbrand spazieren. Einheimische Jugendliche schlenderten auf und ab, bevölkerten die Cafés, standen an den Theken der Bars. Aus sämtlichen Lautsprechern erscholl Musik und im Chaos der verstopften Straßen schienen alle Autos auf einmal zu hupen.

Papa hatte den Mietwagen auf den für Besucher reservierten Parkplatz gestellt. Er zog den Schlüssel aus der Jeanstasche, öffnete den Wagen und setzte sich ans Steuer. Er beugte sich nach hinten, um uns die Tür zu öffnen, als Miguels Hand meine Schulter streifte.

»Entschuldige mich bitte«, sagte er leise. »Wir treffen uns nachher in der Klinik.«

Bevor ich ein Wort sagen konnte, wandte er sich ab. Wie angewurzelt stand ich da. Ich sah Miguel die Straße überqueren und in der Menge verschwinden.

Papa steckte den Kopf aus dem Fenster. »Wohin geht er denn?«

»Ich . . . ich weiß es nicht!«, stammelte ich verwirrt.

»Lass ihn nur!«, rief Papa mir zu. »Es war ein schwerer Schlag für ihn. Er wird schon wieder auftauchen.«

»Nein! Ich darf ihn jetzt nicht allein lassen!«

»Hör auf dem Jungen nachzulaufen!«, sagte Papa ungehalten. »Wenn er dich mithaben wollte, hätte er es dir schon gesagt.«

Ich blickte ihn böse an. Er kannte Miguel nicht. Ich wusste, dass er mich brauchte. Gerade jetzt. Und dass er es mir nicht sagen konnte, weil ausgerechnet er, mein Vater, dabei war. Ich hob rasch die Hand. »Warte nicht auf mich!«

»Es ist doch zwecklos!«, rief mein Vater. »Du findest ihn ja doch nicht!«

Seine Stimme ging im Quietschen der Bremsen unter: Ich lief bei Rot über die Straße. Wie hieß noch der Spruch? »Spring oder stirb!« Ich wollte lieber springen. Atemlos kam ich auf der anderen Seite an. Wo steckte Miguel? Ich hatte ihn schon aus den Augen verloren. Ich sah, wie Papa das Auto in Bewegung setzte, drehte ihm den Rücken zu und rannte weiter.

27

Ich ließ den lärmerfüllten *Paseo Grande* hinter mir. Die zwanzig- bis dreißigstöckigen Hochhäuser bildeten Straßenschluchten, in denen sich staubiger Dunst staute. Es gab Kinos, Boutiquen, Nachtklubs. Die Menschen hasteten an mir vorbei, mit dem schnellen, etwas trippelnden Gang der Mexikaner. Von Miguel keine Spur. Verstört ging ich in irgendeine Richtung. An dem Eisentor der Kathedrale bog ich in eine andere Straße ab, die in einen Park führte. In dessen Mitte stand ein Musikpavillon mit einem grünen Holzdach, das von dünnen Säulen getragen wurde. Zwei Mädchen mit weißen Schleifen im Haar spielten Ball miteinander. Gegen die Mauer der Estancia gelehnt, dösten junge Arbeiter und tranken Cola. Magere Katzen kauerten auf den Steinen. Ich stellte verwundert fest, dass sie alle keinen Schwanz hatten.

Die Sonne hatte ihren Höchststand erreicht. Das T-Shirt klebte mir auf der Haut. Was nun? Miguel war weg, mein Vater auch. Jetzt konnte ich sehen, wie ich ins Hotel kam! Vom Park aus führten die Straßen in alle Richtungen. Aufs Geratewohl wählte ich eine. Sie stieg in Windungen zu einer weißen Kirche mit barockem, goldgeschmücktem Giebel empor. Eine Glocke läutete. Das Brausen des Verkehrs lag bereits weit unter mir. Plötzlich wurde mir klar, dass ich die Gegend kannte! Nicht weit von hier musste der Fischmarkt sein, wo der Wagen mich angefahren hatte und wo mir Miguel zum ersten Mal begegnet war . . .

Ich strich mir das feuchte Haar aus der Stirn. Wer weiß, weshalb Miguel mich verlassen hat? Seine Gründe mussten tief und fordernd gewesen sein. Aber ebenso fordernd war die Kraft, die mich trieb weiter nach ihm zu suchen.

Die Straße mündete in einen Platz, der mir vertraut vorkam. Ja, das war der Fischmarkt! Ich erkannte ihn sofort, obwohl er zu dieser Tageszeit anders aussah. Die Händler hatten ihre Waren zusammengepackt und waren verschwunden. Abfall und Papierfetzen bedeckten den Boden. Ich ging zwischen den verlassenen Ständen hindurch, die von grobem Zelttuch überdacht waren. Blaue Fliegen schwirrten in der Luft. Ein Hund schnüffelte an einem Mülleimer. Es stank nach Staub, Abgasen, Seetang und faulem Fisch.

Auf einmal vernahm ich in der Stille ein auf- und abschwellendes Zirpen. Mein Herz begann schneller zu schlagen. Die Chimiria! Und ich wusste, wer sie spielte ...

Ich ging den Tönen nach, die aus der Luft zu kommen schienen, aus dem Laubwerk, aus den Steinen selbst. Am anderen Ende des Platzes standen einige Bäume um ein Wasserbecken herum. In der Mitte des Beckens erhob sich das kleine Standbild einer mexikanischen Gottheit aus schwarzem, glänzendem Gestein. Die Figur stellte eine Frau dar. Das Antlitz unter dem Kopfputz, einer Federkrone, wirkte fremdartig, aber heiter. Sie trug eine Schale in den erhobenen Händen, aus der ein dünner, plätschernder Wasserstrahl rieselte. Auf den Stufen, die zu dem Becken führten, saß ein weiß gekleideter Mann, eine rote Schärpe um die Hüften geschlungen, und spielte Flöte. Rings um ihn herum, auf dem spärlichen Rasen und auf den Steinen, saßen oder kauerten Leute. Kleine, sehr magere Frauen mit dunkel umrandeten Augen und strähnigem Haar hatten ihre Körbe und

Taschen in den Schatten gestellt. In ihren schwarzen Rebozo gehüllt, sahen sie aus wie Raben. Eine hatte einen winzigen Jungen mit kahl rasiertem Schädel bei sich, dessen Gesicht mit eitrigem Schorf bedeckt war. Ein schmutziger Krüppel, der nach Schnaps roch, schien neben seinen Krücken zu schlafen. Ein noch junger Mann hatte beide Hände mit blutigen Verbänden umwickelt.

Niemand rührte sich. Man hörte nur das Summen der Fliegen, das Kläffen eines Hundes in der Mittagshitze und die hohen, reinen Töne der Chimiria.

Auf einmal sah ich Miguel. Ich erkannte ihn an seinem weißen Hemd und an dem Arm in der Schlinge. Mit traumbefangenem Gesicht hockte er auf den Fersen, neben einem zahnlosen, zerlumpten Alten und einer zwergartigen Frau, die mit verzücktem Grinsen den Kopf hin und her wiegte. Speichelblasen hingen an ihren Lippen. Offenbar war sie nicht ganz klar bei Verstand.

Langsam, aber ohne zu zögern, trat ich näher. Da hob Laureano den Kopf, richtete seine Augen auf mich, hell und scharf wie Wolfsaugen. Ich rührte mich nicht, erwiderte seinen Blick. Mein Atem ging völlig ruhig. Laureanos Gesicht blieb unbewegt, während seine Finger über die glitzernde Flöte tanzten. Dann sah ich in seinen Augen ein unergründliches Flackern und mit kaum merkbarem Kopfnicken deutete er einen Gruß an.

Ich grüßte zurück. Dann wandte ich mich ab und ging auf Miguel zu. Kaum dass jemand Notiz von mir nahm. Ich zwängte mich an dem schniefenden Alten vorbei und setzte mich neben Miguel auf den Boden. Er zuckte zusammen. Seine Augen klärten sich auf, er blickte mich an wie aus weiter Ferne. Er schien tief in seinem Innern einer Stimme zu lauschen, die nur er zu hören vermochte und die ihm die Sprache der Chimiria übermittelte. Ich sagte nichts, berührte ihn auch nicht.

Ich war einfach da, das war alles.

Plötzlich trat Stille ein. Laureano hatte seine Flöte von den Lippen genommen. Gelassen schob er sie in seine bunt bestickte Tasche, setzte seinen Strohhut auf. Er erhob sich geschmeidig. Entfernte sich. Die weißen Häuser schimmerten in der Hitze und seine hohe Gestalt hob sich dunkel gegen das Sonnenlicht ab. Dann verwischte sie das gleißende Leuchten. Er schien sich in einer Luftspiegelung zu verlieren.

Erst jetzt kam Bewegung in die Leute. Die Frauen erhoben sich und schulterten ihre Tragetaschen. Ein kleines Kind schrie. Der Krüppel tastete ächzend nach seinen Krücken. Der Alte neben mir hustete sich die Lungen aus dem Leib und spuckte zähen, gelben Schleim auf den Boden, doch Miguel und ich rührten uns immer noch nicht.

Später wanderten wir durch die verlassenen Gassen. Der Schweiß lief mir in Strömen am Körper herunter. Miguel ging mit gesenktem Kopf. Manchmal schwankte er ein wenig, vielleicht vor Müdigkeit. Und dann legte ich behutsam meine Hand auf seinen Arm.

Endlich fing er an zu sprechen: »Laureano . . . woher wusstest du . . .?«

»Ich wusste gar nichts«, erwiderte ich. »Ich habe dich einfach gesucht.«

»Laureano kommt jeden Tag zum Marktplatz«, sagte Miguel. »Er spielt für die Armen, Kranken und Leidenden.«

Halblaut vollendete ich seine Gedanken. »Der Klang der Chimiria vertreibt die bösen Geister . . .«

»Man sagt es«, murmelte Miguel mit vager Stimme. Stoßweise kamen die Worte jetzt über seine Lippen. »Erinnerst du dich, wie ich dir sagte, dass ich mich vor der Wahrheit fürchtete? Die Enttäuschung ist tausendmal schlimmer als das Schwindelgefühl oben auf der Klippe. Bis heute war es die Hoffnung, die mir immer wieder Mut gab. Jetzt habe ich keine Hoffnung mehr . . .«

»Ist es nicht besser, die Wahrheit zu wissen?«

»Doch«, sagte er nach kurzer Überlegung. »Ich glaube, du hast Recht . . .«

»Du musst jetzt mit dieser Tatsache leben«, sagte ich. »Deine Mutter ist blind. Sie erträgt es mit Gelassenheit. Und sie erwartet, dass auch du dich damit abfindest.«

Sein Ausdruck veränderte sich. Er lächelte sein schönes, warmes Lächeln und legte mir den Arm um die Schultern.

»Wie seltsam!«, sagte er. »Als ich dich kennen lernte, warst du unsicher und verwirrt. Ich hatte Mitleid mit dir. Du schienst alles zu besitzen, Geld und Sicherheit, aber das Wesentliche, die Selbsterkenntnis, fehlte dir.« Er seufzte tief. »Jetzt bist du es, die mich tröstet!«

Ich schmiegte mich enger an ihn. »Du hast gespürt, dass ich Hilfe brauchte. Du hast mir Geduld und Vertrauen geschenkt. Ja, du hast mich verwandelt. Jetzt weiß ich, wer ich bin und was ich kann, und zahle dir meine Schuld zurück.«

Wir schlenderten weiter, schweigend, die Finger eng verschlungen, unsere Handflächen aneinander gepresst. Die Straße war menschenleer. Nur eine Katze schlief im Schatten eines Torbogens. Der heiße Wind wehte vom Ozean in die Gassen und brachte den Geruch von Salz und Tang . . .

28

Ich stand auf der Terrasse unseres Bungalows und blickte über die Bucht hinweg. Die Federwipfel der Palmen schwankten im Morgenwind. Der breite weiße Strand schien sich bis ins Endlose auszudehnen. Gischt spritzte auf, wo sich die Brandung an den Felsen brach, und weiter draußen funkelte das Meer smaragdgrün.

Meine Augen wanderten zu den Klippen, an denen noch weißer Nebelflaum klebte. Heute Abend würden wie an jedem anderen Abend drei Springer auf die höchste Spitze klettern und der Erdgöttin eine Kerze anzünden. Sie würden auf die andringende Flutwelle warten und sich in die dunkle Tiefe werfen. Aber Miguel wird nie wieder zu ihnen gehören . . .

Die Wagen, die uns zum Flughafen bringen sollten, warteten schon. Papa führte ein letztes Telefongespräch, während Mable mit Kreditkarten jonglierte und Mama ihre gefärbten Lippen betrachtete wie eine Malerin ihr soeben vollendetes Kunstwerk. Ich dachte mit Gleichgültigkeit an die Journalisten, die uns in Los Angeles erwarteten. Ich würde sie anlächeln, freundlich ihre dummen Fragen beantworten und mich nie wieder vor ihnen verkriechen.

Gestern, fast um die gleiche Zeit, war ich mit dem Bus das letzte Mal zur Finca gefahren. Die Sonne leuchtete wie ein weißer Feuerball und die frisch besprengten Straßen rochen nach nassem Staub. Im Pinienwald war es noch kühl. Insekten schwirrten im Licht. Chico musste mich gehört haben, denn er wartete schon hechelnd hinter dem Tor. Er sprang an mir hoch, jaulend vor Freude. Auf der Veranda bewegte sich Doña María langsam an der Wand entlang. Sie trug eine kleine Gießkanne. Ich beobachtete, wie sie behutsam jeden Blumentopf betastete und das Wasser in die Erde goss. Sie hatte einen dunkelblauen Baumwollrock und eine schöne, rot bestickte Bluse an. Ihr schweres offenes Haar, glänzend wie schwarze Seide, folgte jeder Kopfbewegung.

»Bist du es, Sabrina?«, fragte sie und wandte mir ihr lächelndes Gesicht zu.

»Guten Morgen«, sagte ich bedrückt.

Sie hielt mir die leere Kanne hin. »Bitte, würdest du sie für mich füllen?«

In der Hofmitte befand sich ein alter Ziehbrunnen. Ich zog den Eimer hoch und goss Wasser in die Kanne.

»Sei nicht traurig. Ich habe immer gewusst, dass ich blind bleiben werde«, sagte sie, als ich ihr die Kanne zurückbrachte. »Wenn ich den großherzigen Vorschlag deines Vaters trotzdem annahm, so geschah es nur Miguels wegen. Er sollte die Wahrheit erfahren, denn auch zerstörte Hoffnungen können unserem Dasein einen neuen Sinn geben.« Sie fuhr fort die Blumen mit ruhiger Sicherheit zu begießen und lächelte mädchenhaft. »Wenn ich mal schwarze Gedanken habe, lasse ich Laureano kommen. Der Klang der Chimiria wird meine Traurigkeit verscheuchen ...«

In diesem Augenblick trat Miguel aus dem Haus.

»Wie fühlst du dich?«, fragte ich mit scheuem Lächeln.

»Gut«, sagte er.

Wir standen uns gegenüber, sahen uns in die Augen und mir war, als ob wir beide schwankten.

»Wir waren noch nie einen ganzen Tag zusammen, immer nur ein paar Stunden«, sagte ich unglücklich.

»Wir sehen uns ja bald wieder«, antwortete Miguel.

»Ganz bestimmt. Ich weiß es und ich fühle es. Deswegen bin ich auch nicht traurig.«

Am Nachmittag begleitete er mich zum Bus. Die Sonne brannte vom Himmel, aber unter den Pinien wehte ein erfrischender Wind. Miguel hatte seine Gelassenheit zurückgewonnen. Sein Ausdruck war friedlich, fast heiter.

»Madrecita will das Haus verkaufen«, sagte er, »aber ich versuche ihr das auszureden. Sie braucht das Haus. Hier kann sie leben, hier ist sie glücklich. Bald werde ich gesund sein und wieder arbeiten. Ich muss nur noch einige Jahre durchhalten. Ich habe keine Angst. Irgendwie werde ich es schon schaffen.«

»Das wirst du ganz bestimmt«, sagte ich.

»Wie ruhig du bist«, sagte er zärtlich. »Das mag ich so gern an dir. Du gibst mir Mut.«

»Du mir auch«, erwiderte ich und schluckte die Tränen hinunter.

Der Bus näherte sich in einer Staubwolke. Er war voller Leute, die in die Stadt fuhren. Miguel schloss mich ganz einfach in seine Arme.

»Komm wieder!«, sagte er leise. »Ich warte schon jetzt auf dich . . .«

Ich stieg ein. Eine dicke Frau, mit Puderflecken auf dem schwarzen Kleid, rückte schnaufend zur Seite, um mir Platz zu machen. Die Türen schlossen sich. Der Motor hustete, dröhnte. Der Bus fuhr ruckartig an und ich plumpste auf den Sitz neben der Dicken. Miguel stand mit dem Arm in der Schlinge neben einer staubigen Agavenpflanze und hob zum Abschied die Hand. Er blieb reglos stehen, bis ich ihn hinter einer Straßenbiegung aus den Augen verlor. Jetzt erst spürte ich die bleierne Hitze im Bus, lehnte mich zurück und schloss die Augen.

Mamas ungeduldige Stimme riss mich aus meinen Gedanken. »Sina! Wo steckst du denn? Wir warten nur noch auf dich!«

»Ich bin ja schon längst bereit«, murrte ich und hob meine Reisetasche auf die Schulter. Ein Hoteldiener schleppte die Koffer zur Tür hinaus.

»Ich verstehe deinen Kummer«, sagte Mama in einem löblichen Versuch, auf mich einzugehen. »Es ist wirklich ein Jammer, dass wir für Doña María nichts tun konnten.«

»Sie ist nicht traurig«, sagte ich leise.

Mama warf mir einen erstaunten Bück zu. »Aber es muss doch schrecklich sein, nicht sehen zu können!«

Ich schwieg, wohl wissend, dass sie mein Schweigen nicht deuten konnte. Und wahrhaftig, sie schaute schon wieder in den Spiegel, zupfte nervös eine Strähne zurecht.

Da erschien Papa, die Zigarette im Mundwinkel, die Schirmmütze schief auf dem Kopf. »Los, los, wir dürfen keine Zeit mehr verlieren! Sonst fliegt die Maschine ohne uns ab!«

Mable steckte seelenruhig einige Dokumente in ihren Aktenkoffer. Sie trug ein blaues Kostüm, tadellose Maßarbeit, genau das Richtige für eine Sekretärin, zudem todschick.

»Nun?«, sagte sie leise, als ich an ihr vorbeiging. »Es ist alles nicht mehr so schlimm, nicht wahr?«

Ihre Augen leuchteten warm und verstehend hinter den Brillengläsern. Ihr Lächeln tat mir wohl. In völlig normalem Tonfall, wie man eine nüchterne Tatsache feststellt, sagte ich: »Alles ist gleich und doch gänzlich verändert. Weißt du, woher das kommt, Mable?«

»Aber natürlich«, sagte sie heiter. »Du hast den richtigen Weg gefunden. Nun komm schon, sonst werden sie noch hysterisch!«

Immer noch lächelnd verließ ich den Bungalow und blickte ein letztes Mal über das Meer. Ich dachte an Miguel. Er hatte mir den Weg gezeigt, der über zwei Welten zu mir selbst führte.